U0085330

滄海叢刊

還鄉夢的幻滅

賴景瑚　著

1975

東大圖書公司印行

還鄉夢的幻滅
編號 E83079
東大圖書公司

中華民國六十四年三月初版

還鄉夢的幻滅

基本定價壹元伍角叁分

著作者 賴景瑚
發行人 莊剛彰
出版者 東大圖書有限公司
總經銷 三民書局股份有限公司
印刷所 東大圖書有限公司
臺北市重慶南路一段六十一號二樓
郵政劃撥一〇七一七五號

版權所有 翻印必究

行政院新聞局登記證局版臺業字第〇一九七號

前言

振強先生既爲筆者刊行靜軒時論選集，又囑我將我的散文若干篇，編成專册。我很感謝他的盛意。去冬我卽蒐集近年文稿，着手整理、不意爲病魔所擾，半年未能執筆；延至今日，始克付梓。這是我應向振強先生道歉，而且也引爲遺憾的。同時，我因振強先生的建議，特將此次所選散文的第一篇「還鄉夢的幻滅」作爲這部選集的書名。

我以前在大陸上所寫的東西，差不多全部散失。這個選集的文章，是從這十多年我旅居美國時的作品，很愼重的揀選出來的。它們雖非純文藝性的小說詩歌，但大部份是抒情寄感的文字；它們也可以反映我在海外生活的片段。

由於過去發表時，排印有錯誤，文句有遺漏，我此次特將每篇詳加校閱和修潤；有的，大小標題也變更，以求節省篇幅，而復簡明醒目。全書約十萬言，包括隨筆、書評、序文、遊記和回憶錄一類的散文。

三民書局爲我出版兩種選集；同時，以前發表我的文章的海內外報社及雜誌，讓我再用舊稿編成新書。我願在此前言裏、敬致謝忱。

賴景瑚序於靜軒　一九七四年十月五日，洛杉磯

還鄉夢的幻滅 目錄

還鄉夢的幻滅

——賽珍珠的矛盾和悲哀

無論是中國人或外國人，只要和藝文界或出版界有點接觸，誰都知道賽珍珠 Pearl S. Buck 是因爲「大地」The Good Earth 那本書而得諾貝爾文學獎金的名作家，也是生長中國，熱愛中國，復以向西方人解釋中國爲己任的「中國通」。

賽珍珠雖然是美國人，但是她從小就隨她傳教的父母，住在我們的江蘇和安徽一帶，尤其是同南京及鎮江兩個城市的關係最密切。他在咿啞學語的時候，聽說便是初講華語後習英文的。她和中國的淵源那麼深，她對中國的情感那麼篤，縱因種族有異而不能和我們「認同」，可是，她於垂暮之年，想要「回歸」到中國，去掃父母的墳墓，去滿足一個老年人的「還鄉」美夢；這是任何人都應該了解的「人之常情」。

然而，那班滅絕人性的毛共，便沒有這樣的「人之常情」，便很殘忍的拒絕了她要「回歸」的請求。他們的理由是說她的著作「曲解了新中國和它的領袖」。這對那位快離塵世的著作家，自然是精神上的莫大打擊。這對旅居海外的知識份子，也是不可多得的當頭棒喝。

本來，「認同」和「回歸」那一類的名詞，是毛共這幾年叫出來的統戰口號。他們的宣傳對象，就是這班懷憶祖國，思念家人的知識份子。他們叫知識份子回大陸去看「新中國的進步」，也就是叫知識份子去替他們盲目的捧場。大多數知識份子的眼睛是雪亮的；恐怕沒有一個人不知道海外的同胞不能回祖國，不能看親人，正是由於這個史無前例的殘暴政權，竊據了我們的大陸，控制了我們的人民。

當然，也有少數人，或因愚昧，或因投機，或因年老而想落葉歸根，有的在大陸作了一次嚴受監視的走馬看花，有的還在北平受過他們的招待，再到海外去為他們做義務宣傳。賽珍珠如眞能去大陸，她是毫無疑義的會被毛共排入第三類；儘管她受過他們的痲醉，也對他們發生過近乎天眞的幻想。

毛共連這樣一位八旬老嫗，也不許她去接受所謂「認同」和「回歸」，就是因為怕這位負盛名而又有個性的文豪，看破他們的欺騙伎倆，用她那如椽之筆，揭發他們屠殺中國人民，毀滅中國文化的種種罪行。他們所要歡迎的外國人，只是國際共產黨或甘心為虎作倀的左傾作家：如史諾、費正清和塔克曼一類的人。至於在美國國務院為他們搖旗吶喊或偷竊文件的謝偉志、戴維思、拉地摩爾等等，更是被他們奉若神明的志同道合者。

賽珍珠是於今年三月在美國溘然長逝的。她臨終前，寫了一本「中國：過去和現在」。這書是她一生所寫一百多部的最後著作，也是她懷念中國的一種絕筆。我從那本書裏，看出她所了解的雖然還是半世紀以前的老大帝國；她也不太明瞭我國抗戰八年的艱難困苦，和毛共這二十多年的暴戾恣睢；可是我仍然認爲那本書是對世道人心有裨益的；因爲她在書上所表現的哀怨、憤怒和慷慨激昂，便可以在西方讀者前面，反映出毛共政權的萬般罪惡。

我上面提過：她過去是對毛共存有若干幻想的。她自得諾貝爾獎金，一舉成名以後，從未重遊故國，從未親身體會它這半世紀以來的大變遷。同時，我們不要忘記，她儘管是名聞世界的文豪，也在幼時受過幾年的私塾教育，但是她和其他「中國通」差不多，對於中國語文是似通非通，一知半解的。她近年住在自由份子集中的美東地區，耳濡目染之下，深受左派文人的影響，更和中國的一切有很大的距離。她曾對中國問題發表過隔靴搔癢的議論，正是由於這個道理。我們愛人以德，當然是可以對她加以相當的原諒的。

她在她逝世的前一年，懷着滿腔熱望，想對她生於斯，長於斯的中國，作最後一次的旅遊和惜別。她滿以爲她既屬於自由份子的陣營，當然可以受到毛共的歡迎。他又覺得她以描寫中國農村生活起家，應該可與倡導「農民革命」的毛共，殊途同歸。她在書中毫不諱言她曾一再拒絕臺灣方面的邀請，便是怕毛共誤會她同情自由中國，而使她不能達到重回大陸的目的。最後，她還是失敗了。她畢竟被毛共所拒絕了。那封毛共駐加拿大代表給她的回信，雖然擺在她的書案上，但她已把它視同洪水猛獸一樣；因爲它已粉碎了她的幻想和癡夢。

賽珍珠因爲痛恨那封使她萬分傷心的信，也就痛恨那個在信上簽名的袁某其人（加拿大毛共使館的二等秘書）。她深責袁某如何沒有禮貌、如何愚昧無知，甚至說袁某只讀過毛澤東語錄，而未讀過她那許多有關中國的著作；所以才會那麼蠻不講理的拒絕她的入境請求。

她這樣自然是完全錯誤，也是對袁某相當寃枉的。因爲拒絕她的申請的，決不是那個小小的秘書，也不是那個所謂駐加大使館，而是遠在大陸的高級共酋。以她那麼有名望，又以她那麼想「回歸」，這便涉及他們的宣傳原則和對美外交政策；他們決不會讓一個駐外使館去決定對她或迎或拒的方針。說不定，周恩來還曾爲此事請示過毛澤東，才作那拒絕入境的決策的。

這樣一個認識不清的錯誤，出於那麼一位卓越的作家，已經使人有點驚異。而她在這本書裏所犯的若干事實上的錯誤，更叫我們感覺意外。譬如說：大家都知道毛澤東是沒有受過高深教育的；她竟說他在湖南進過大學。上海市只有市長而無省長；她竟在一個肥胖的「馬將軍」的照片側，註明他是上海的省長；事實上，那個「馬將軍」就是前寧夏省政府的主席馬鴻逵。她說慈禧太后有一個名叫「宮祿」的情人；我們只知道慈禧最喜悅的佞臣是榮祿。這些未嘗不可以說是無關宏旨的錯誤。可是，她在動筆以前，似乎少做了一點考證的工作。

他不但因一時疏忽而犯了很多錯誤，而且到處現出她心理上及情緒上的許多矛盾。她一會兒指毛共專制獨裁殘民以逞；一會兒又歌頌他以武力征服了大陸。她既深歎中國文化遭逢了空前的浩劫，又夢想外國傳來的共產主義會被中國同化而變質。她雖痛斥毛共毀滅了中國文化，但又覺得紅衞兵的文化革命，可能是一件好事。我實在不得不認爲她的記憶、理解和想像，都已呈現老態龍鍾的象徵。

賽珍珠在那本書裏，曾很生動的描寫她和中國知識份子的交往，以及她對他們的回憶。那些清新而簡短的文字，都能襯出她好朋友、念舊交的中國「人情味」。當她幼年在美國讀完大學，再返中國的時候，她正看見胡適和陳獨秀等所倡導的文學革命和新文化運動，風起雲湧，轟動全國。她便發生了濃厚的興趣。她對她的朋友說：中國農民的生活應該可做今後寫作的對象。他們大多數並不以她的見解爲然。她就單獨的從「大地」開始，連續寫了好幾部有關中國農民的小說，不但受到中外各方面的注意，而且魯迅、丁玲和老舍也都把農村作題材了。

她和老舍的交誼最深切。當毛共侵佔大陸的時候，老舍正在美國旅行。他特到她的賓州田園去訪問她，並和她商量他的回國問題。她說：「我們兩人討論的結果，一致認爲他除非加入共產黨，否則他回去一定是很危險的。」可是，北平是他的老家，他非回去不可。他向她告別的那一天，她還叮囑他爲自身安全，不可和她再通信。她說：「我後來畢竟得到了最不幸的消息。那就是他和任何有創作能力的文人一樣，不能忍受那種暗無天日的政治壓迫。他自殺了！」

老舍聽說是在「文化革命」中，被逼跳樓而喪生的。賽珍珠又說到她和胡適、徐志摩、林語堂和徐悲鴻等的友誼。其中有她和胡適一次的對話。胡適說：「你現在雖然住在美國，但你一到了很衰老的時候，你會回中國去；因爲你是要埋葬在中國泥土裏的。」她寫到這裏，便說：「我聽了不置可否，因爲我不知道如何答復。我自然很愛我的祖國。我也渴念我的中國。耳聞不如目親。我要親眼去看中國人現在變成什麼樣子了。可是，我很矛盾。我不敢去中國。我怕我一去就會突然死在別人手裏的；我一去就永遠回不了我的祖國！」

賽珍珠這本書，有若干錯誤，更有不少矛盾。中國讀者也許會覺得她東拉西扯，雜亂無章，簡直不像是大文學家的手筆。可是，我不但不忍吹毛求疵的苛責她，而且還對她懷着充分的同情和諒解。我甚至認爲這是她最後一次對中國的貢獻；因爲我相信西方讀者會從那本書裏獲得相當深刻的印象，也會進一步的知道今日尼克森和季辛吉不惜卑躬屈節去勾結的毛共，竟是一個傷天害理、陰險狡惡，爲中國人民所唾棄的赤色政權。

她指出毛共比秦始皇更殘暴、更毒辣、更和中國文化不能並存。這是一針見血的論斷。她說毛澤東一方面熟讀水滸傳，想學梁山泊的好漢；一方面又盡量模倣二千二百多年前的秦始皇。秦始皇併吞六國，焚書坑儒，殺人不眨眼；毛澤東樣樣都學會了。在他奪得政權的第一年，他就屠戮了一百三十萬人。

這本書出版不久，她便因「還鄉」美夢的幻滅，而抱恨終天的撒手塵寰。她總算認識了毛共的猙獰面目。她雖然死了，但那許多著作所遺留下來的，她對中國的敬愛，對中國人的友好，和對中國文化的景仰，一定永存人間。我們必在光復神州的那一天，站在她曾留戀多年的揚子江畔，向她默禱一聲「魂兮歸來！」

（一九七三、九、二五、紐約）

愛情故事的結束

前幾年，一位沒沒無聞的美國作家，寫了一部文筆雖很清新，內容卻極平凡的「愛情故事」。(也有人譯為愛的故事)。它不知怎樣一下子抓住了青年的心靈，立時成為紙貴洛陽的暢銷小說。好萊塢把它編為同一名稱的電影。它一登市場，又是男女學生熱烈歡迎的名片。

筆者讀了那小說，看了那電影，實在不能同意一般人的看法。我覺得它不但不能和我們的紅樓夢媲美，就是拿它與狄更斯和嚣俄一類西方作家的著作一比，也難達到他們那樣的文學水準。當時我便想到：英國溫莎公爵和辛浦森夫人的戀愛，如有和曹雪芹差不多的人寫成小說，那必成為一部相得益彰而又曠古未有的眞實的愛情故事。

這幾天，由於溫莎公爵的逝世巴黎，那位幾被世人遺忘的情聖，又如三十六年前一樣，變成人人稱頌，人人懷念的新聞人物。這也引起了我半世紀來的幾個回憶和感想。當我在美國初進大學的時候，他正乃「英帝」鼎盛時期的威爾斯王子。他於第一次大戰以後，曾以王儲地位，報聘世界各國，所到之處，萬人空巷歡迎。他幾乎成了家喩戶曉，人人艷稱的一座偶像。

那時我們雖然還沒有無線電和電視的傳播，但是，我每天讀新聞記者對他那種繪影繪聲的描寫，以及報紙上所登載的他那風度翩翩、溫文儒雅的照片，便知道爲什麼許多美國婦女對他那麼熱情奔放，而竟有人主動的向他進攻，甚至大膽的向他求婚。她們簡直把他當作神話裏的風流王子。

有一次，他過紐約。一個年輕的女記者到他的旅邸訪問。他很體貼的留她用餐，很溫存的和她跳舞。她回到報館就痛哭流涕的對總編輯說：「這是我一生最神聖的一幕。我一個字也寫不出來了」。他就是這樣使萬千婦女被他痲醉、對他着迷，他也是這樣最後贏得了辛浦森夫人的芳心。

一九三六年，他繼承喬治五世而成爲英王愛德華八世後的第十一個月，我在上海忽然看到他因熱愛辛浦森夫人而放棄王位的消息，又在無線電廣播中，聽到他「我若得不到我心愛的婦人的協助及支持，我便不能執行一個國王的任務」那篇扣人心絃的講演，我眞十分同情他的境遇，也十分厭惡英國王室和國會的頑固守舊。那可以說是當時一班青年男女對於那個事件一個共同的反應。

我們的文人便用「不愛江山愛美人」這句話，去形容那位爲愛情而犧牲王位的大情人。事實上，這七個字不但不確當，而且有點近乎諷刺和譴責。因爲他所熱戀的辛浦森夫人，年將四十，貌僅中姿，實在夠不上稱爲一代美人；而他所掌握的王位，早已是虛有其表的象徵，更不能算作國王的「江山」。

愛德華八世也因一部份輿論對他不諒解，曾爲他自己反覆申辯過。他說：「我絕對不是如外人所說的，爲愛一個女人而藐視這個王冠。相反的，我正因重視王冠而寧願退位以明職責的交代」。他退位前後的許多事實，都已證明他不是醇酒婦人，荒淫無道的「昏君」。

他在當儲君的時候，便是一個精明強幹，負責認眞，而又深知帝國危機和民間疾苦的英俊青年。可是，他有個性、有主張、有抱負。他對那故步自封的王室傳統，和循規蹈矩的王室生活，早已由厭倦、憎惡，而幾乎進入了反抗的階段。

他之所以敢爲一個女人，而敝屣尊榮，而和王室與國會對抗，除了他那專一而又純潔的至情外，他還表示了他有改革現狀的志願，和爲眞理而奮鬪的精神。他既不能貫澈他的主張，又不能固執己見而使國家分裂，他只有掛冠退隱以謝國人。這樣光明磊落的態度，這樣義利分明的節操，實在不是「不愛江山愛美人」一句話所能抹殺的。

這位和辛浦森夫人一見鍾情的王子，是在一個偶然的機會邂逅相逢的。他被她那過人的機智和愉悅的談吐所吸引，立刻認爲她是志同道合的「知音」。他向她申訴宮廷生活的苦悶、和當時做儲君及將來做君王的困擾。她的同情的了解，和充滿智慧的見地，登時使他五體投地的折服。

他於一九三六年一月就王位，十一月就決心要和她結婚，十二月便因各方激烈反對而遜位。

英國的王室，國會和教會，差不多眾口一辭的認爲辛浦森夫人既爲美國平民，又爲兩度離婚的婦女，愛德華八世如和她結婚，那便是絕對不能容忍的「離經叛道」。他除邱吉爾對他同情外，沒有一個人支持他所認爲「愛情高出一切」的行爲。他在無可奈何的情況下，抱著極沈痛的心情，毅然決然的宣佈把王位讓給他的兄弟喬治第六。

他也立刻別離他所敬愛的祖國，飄然遠引。一直等到辛浦森夫人和她前夫的離婚手續完成，他才和她在法國舉行了結婚儀式。從此他們便開始了三十五年天涯流浪的海外生活。當時對那婚姻力持反對主張的，鮑爾溫首相和白蘭福主教之外，還有他的母親瑪麗太后。那位太后的態度比任何人都堅決。她不但罵他「拋棄英國」，而且永遠不許他們回國居住。

然而，那個哀感頑艷的愛情故事，當年已如雷電一樣的震驚了全世界，三十六年來，仍然不斷的爲男歡女愛的青年所歌頌。他倆綢繆繾綣，三十六年如一日，更足證明他倆愛情的專一，和志行的高潔。他既爲「我行我素」，從來不說「後悔」的高士，她也是和他形影不離，自結婚到他安葬，都陪伴着他的情侶。這眞是一個海枯石爛、生死同心的神聖結合。

這位以溫莎公爵名義遨遊四海的遜王，雖卜居於他所喜愛的巴黎，但經常偕其愛妻往來於美法二國之間。大西洋兩岸的歌臺舞榭，時時有他兩位的踪跡。可是他何嘗是以社交明星姿態，甘心自我陶醉的人；他內心的痛苦矛盾，我們是可以想像得到的。他於二次大戰時，做過幾年沒有什麼政治意義的巴哈瑪島總督。他實際上早與功名富貴絕緣，也不對人發半個字的牢騷。

他靠王室的贍養費爲生，也曾和他的夫人各寫一部回憶錄，賺得一點稿費。從某一角度看，他是寄生社會的無業遊民。可是他永遠不荒唐，不頹喪，不向王室低頭，不和舊勢力妥協。他的璘珣傲骨，和他的高風亮節，不但神化了男女的婚姻結合，而且昇華了人與人間的摯愛和至情。英國的頑固傳統，陳舊落後的禮教和不近人情的習俗，斷送了溫莎公爵的王位，以及他一生可能成就的事業。他漫遊天下，始終沒有回國定居，雖係出於他的「自我放逐」，但是，他到了垂暮之年，又爲疾病所困窘，而猶不能達成落葉歸根的願望，我們不能不說那是由於英國民族性的冷酷和缺乏人情味。伊麗莎白女王曾於過去若干年和他一再晤談，還在他逝世前親至巴黎別墅的病榻前慇懃慰問，實已現出了她胸襟的豁達，也表達了英國人對於溫莎公爵的歉憾。

我們今日悼念這位早和實際政治脫節的遜王，既慨嘆他的孤芳自賞、壯志未酬；又覺得他的一生，反映了那個大英帝國的興盛和衰頹，也說明了一個舊時代的消逝，和一個新時代的崛起。

他誕生於一八九五年，正是維多利亞王朝的全盛時代。那時英國無論在政治上、軍事上及商業貿易上，都是世界上獨一無二的頭等強權。英國人很驕傲的自詡「英旗無落日」，正是因爲它的版圖遠達世界上的每一角落。有一個時期，它所佔有的領土，幾達全球的四分之一；它所統治的人民，也等於全球人口的四分之一。那眞是人類有史以來所未有的一個「猗歟休哉」的大帝國。

當他封爲威爾斯王子的儲君時代，英國依然保持維多利亞女王所遺留下來的規模和威望。第一次大戰打下來，它雖元氣受損傷，但是沙皇已覆，德奥已敗，共產政權尚不足以爲大害。它仍能與法、義、美、日等國，維持一個分治和均勢的局面。等到愛德華八世退位，第二次大戰爆發，它幾乎跟著法國變成希特勒的犧牲品。美國兩次出兵參戰，才挽救了歐洲的危亡，也挽救了英國的厄運。但是，它已盛極而衰，不但失去了大英帝國的光輝，也同時失去了一切重要殖民地。

從一九四五年二次大戰完畢，到溫莎公爵今日的死亡，大英帝國的歷史，正和這位遜王的愛情故事一樣，告了一個段落，也作了重要的一章的結束。他本人雖沒有在國際舞臺上扮演政治性的要角，但是他的一生，卻和這個帝國的盛衰相終始。他的溘逝，也好像加強了這個帝國一種悲壯悽涼的尾聲。

當然，英國今日仍爲北約組織的臺柱，最近加入共同市場以後，更爲西歐集團的重要份子。可是，維多利亞王朝所建立的帝國，實已土崩瓦解。今日所謂不列顛國協，也不過是徒具形式的空洞機構。它過去對美國以先進自居。兩次大戰以後，它便變成仰承美國鼻息的一個英語國家。它現在更沒有和美蘇兩個超級強權相抗衡的任何力量。

享壽七十七歲的溫莎公爵，不但看見了大英帝國的盛衰，而且還經歷了一個舊時代的湮沒和一個新時代的嬗遞。也許他在徜徉巴黎市郊的時候，會自悲他那漫長歲月的虛擲。然而，正因爲他淡泊名利，急流勇退，他沒有對那充滿矛盾和錯誤的所謂大英帝國，增加它一絲一毫的罪戾。他還替人類寫下了那麼純潔眞誠，那麼纏綿悱惻的一部千古不朽的愛情故事。這便是他最偉大的貢獻。

（一九七二、六、十、紐約）

「哲人的心」和「嬰兒的笑」

我和胡適之先生第一次見面，是七七事變前一年在上海一個康奈爾大學同學會的餐會上。他問我在康校的年級，便笑道：「你還是一個嬰孩（Baby）」。我對他說：「我雖然沒有做過胡先生的學生，但是受過你很大的影響」。是的，我不但受過他的影響，而且一直喜歡讀他的文章，聽他談笑風生的議論。

當他和陳獨秀等在北京辦「新青年」雜誌的時候，我正在湖南長沙讀中學。我經常看他們的文字，不知不覺的成了新文化運動的信徒。我對他們所提出的有關政治和社會改革的許多主張，只覺得很新奇，很夠刺激，並沒有什麼深切的了解。唯有胡先生文學革命那一點，我認爲是「普及教育」所必需。我也相信白話文可以使中國文字從古老、陳舊、一變而爲有生氣、有活力。

可是，我的那位平日很賞識我的國文老師，卻大大的不以爲然。他說：白話文俚俗、粗鄙、淺薄，不能登大雅之堂。我曾和他爭辯。有一次，我很大膽的在我每週繳給老師的作文本上，倣照胡先生的筆調，大做語體文章。我便是這樣觸怒了那位老師。他不但在講堂上痛罵「新青年」那一套是異端邪說，而且請校長記我大過一次，還出一張佈告，把我申斥一頓。

那是半世紀以前的事了。我記得後來我讀完中學，就不顧家庭的反對和社會的阻撓，跑到美國去做一個半工半讀的學生。當時我年紀雖小，但決心很大，也有一部份是受了胡先生的影響。本來，我自幼便抱有救國的志願，但不知道什麼是救國的途徑。我的小學教師說過：滿淸的推翻和民國的建造，都是海外歸來的留學生所發動的。我那幼稚的心靈」，就以爲我要達到救國的目的，便非先到外國去求高深的學問不可。

可是，在我所聽見的那許多外國當中，我應該到那一國去呢？我的小學教師不少是從日本回來的。他們雖指日本爲仇敵，但叫我們要同日本人一樣的爭氣。我也因爲佩服它的國富兵強，而作過一次「留日」之夢。不久，我在報紙上看見所謂「勤工儉學」的宣傳，又對「留法」動了心。等到我進了美國教會在長沙所辦的雅禮學校，我初次和美國人接觸，也初次探知一點美國歷史、文化和宗教的概況，我乃一心嚮往那個民主自由的新大陸。

然而，美國那麼遙遠，出洋費用又那麼昂貴，「留美」談何容易。我雖然得了美國老師的鼓勵，但是依然不敢隨意作「冒險」的嘗試。我最後之所以立下了留美的志願，而且遠走高飛的橫渡了太平洋；我不能不歸功於「新青年」雜誌給予我的無窮勇氣。尤其是胡先生對於留美生活的敍述，既引起我對美國大學教育的濃厚興趣，又使我把他的母校康奈爾大學，當作我要追求的一個目標。

我在美國留學的那幾年，一面勤奮讀書，一面做工自給，對於國內的事雖多隔膜，但對於心儀甚久，復在文教界已負重望的胡先生，總想有一天向他面請教益。可是，我回國以後，服務京滬一帶，只在上面所提及的餐會上和他匆匆一晤。一直等到抗戰勝利，他出使美國歸來，重任北京大學校長；他到南京參加國民大會，陳果夫先生宴請幾位大學校長和在聯合國任職的胡世澤先生，我才第二次和他見面。我當時發現在座的賓主十二人中有五個人姓胡。適之先生聽了，很詼諧的說：「這難道又是五胡亂華嗎」？

就在那一年，中華民國頒佈憲法；有人主張行憲後的第一任總統，應該由一位有國際聲望的學人擔任。我也覺得中國如以文人爲元首，可以在世界上產生良好的印象，所以不但贊成那個意見，而且認爲胡先生是一位可供國民大會考慮的適當人選。國民黨的總裁蔣先生，聽說也有這個意思。很多人還說蔣先生親向胡先生徵求過他的同意。

我那時是國民黨的中央常務委員，也出席中央政治會議和國防最高會議。我們在這些會議裏，雖然知道總統人選是很重要，也是很微妙的問題，但是除了非正式的交換意見外，從來沒有把它當作熱烈爭辯的議案。也無人在發言中提到胡先生的名字。

當國民大會正在準備推選總統的時候，那一心要勾結蘇俄去奪取政權的中共，已在東北發動大規模的戰爭。朝野上下都感覺到軍事的嚴重，幾乎一致深信主持國家大計的，一定要一位既得人民擁護而又能整軍經武的領袖。國民大會便是這樣代表了全國民意，選出蔣先生爲總統。

我於一九四八由教育部派赴美國進修，又代表中央海外部慰問美國和加拿大的華僑。想不到，國事因戰局惡化而急轉直下。不出一年，中國大陸竟不幸被中共所竊據。我在紐約遇見了從北平逃出不久的胡先生。我們晤面時相對黯然，差不多說不出一句話。我問候了他的健康。他也告訴我許多關於中共摧殘教育，迫害知識份子的悲慘故事。其中還有幾件，涉及我的幾位在教育界的老朋友。

然而，胡先生始終對祖國有堅定的信心。他說復國的前途，雖然荆棘甚多，困難重重，但是，這班滅絕人性的中共，必爲中國人民所唾棄；而那違反民主自由和時代精神的共產主義，也一定爲這個世界所不容。我很欽佩他的卓見。他這一番話也增強了我要淸除赤禍，光復大陸的信心。

他談了一陣，忽於嗟歎之餘對我說：「今日共產黨如此猖獗，我們自然很痛心。可是，我不能不把這個責任，歸於聯俄容共的始作俑者孫中山先生」。我雖因很尊敬他而不願和他多爭辯，但是我立刻覺得他的論斷不公道，便對他說：「我認爲國民黨沒有把國家弄好，應該引咎和認錯。可是，我們實在不能責備逝世已二十多年的中山先生。」

我又說：「中山先生當時看見軍閥那麼專橫，他如不在外交上打開一條新的出路，便沒有建設一個現代國家的希望。他以君子之心待人，從來不懷疑蘇俄有侵略中國和征服世界的野心。同時，國內青年深感帝國主義的壓迫，的確有不少人傾向那個以打倒帝國主義當作口頭禪的蘇俄。中山先生想把那班青年都吸引到國民黨的旗幟之下，一面固然是團結全國的革命力量，一面也是防止共產主義的蔓延」。

胡先生仍然覺得我是以黨員立場，去替中山先生辯護。他說「你的話未嘗沒有道理。可是，我還是以爲共產黨的坐大，是起源於國民黨的容共」。我反問胡先生是否承認邪惡的共產黨和共產主義，乃爲今日世界一個極反動的逆流。我說：「歐美各國不都是被共產黨所困擾嗎？他們並無中山先生其人，更無他的聯俄容共的政策。事實上，中國如果沒有國民黨和共產黨對抗，恐怕它在軍閥時代就被共產黨所吞噬了。」

我們經過這一場爭辯以後，兩人的意見反比以前接近一點。我力勸他對徬徨憂懼的留學生多作奮起救亡的鼓勵和領導，也多向外國朋友申述我們反共復國的決心。我當時在紐約，邀集很多不分黨派的愛國人士，組織了對抗極權暴政的「民主自由聯盟」。于野聲（斌）主教和曾慕韓（琦）先生都對那個運動很熱心，很想把它變成反共復國的號召。但胡先生說：他既決心「不問政治」，所以不願參加任何組織。後來，我因籌措經費不易，國內又有人造謠中傷，也就停止了「民主自由聯盟」的一切活動。

就在那個時候，那位代表中國出席聯合國的蔣廷黻先生，忽然有意組織中國自由黨。他和我商談了好幾次，並說他將擁戴胡先生爲黨魁。他又稱他可以獲得英美兩國當局的支持。我說胡先生一再聲明他從此不問政治，恐怕不會願意接受這個黨魁的頭銜。他說，他心目中的黨魁，是和甘地一樣的只作精神的領導，那個國會黨的實際負責人，不是甘地而是尼赫魯。他顯然是以尼赫魯自居而要把胡先生當作中國的甘地。我當時因不肯放棄自己的固定立場，拒絕參加他的新黨運動。胡先生自然也沒有做黨魁的意思。他的所謂中國自由黨，便是這樣很迅速的流產了。

我曾把蔣廷黻組黨的事問胡先生。他說：「我不反對他組黨，但我一本不問政治的初衷，決不參加，更談不上做黨魁」。我又問他：國民大會開會的時候，國民黨的蔣總裁是否有意推他爲總統候選人。他說：「是的，我至今對他有知遇之感。聽說你們這班中央委員都反對我。」我說：「據我所知，大家對總統人選雖然各有不同的意見，但對胡先生都是很尊敬的」。那時胡先生早已知道我和實際政治脫離了關係，所以相信我講話很客觀而沒有成見。

胡先生從一九四九到他回國就任中央研究院長職，都在紐約居住；因此，我們見面的機會很多。我無論是聽他論學問，或談時局，均有如坐春風之感。一九五一至五三之間，胡先生在普林士頓大學負責整理一大批別人捐贈該校的中文圖書。我在附近一女子大學任教。我的同事中有一捷克籍的女教授。她的姓氏和胡適二字完全同音。她說那是捷克一個很普通的姓氏；問我可否介紹她和胡先生晤談。我便引她到普大見胡先生，並爲這兩位「胡適」合照了一張相。胡先生那天見了這位外國「本家」，覺得很有趣味。他興高彩烈的引導我們參觀他所整理的全部中文圖書。

我於一九五三進聯合國秘書處，主持中文翻譯部門。有一次，我邀集翻譯人員聚餐，特請胡先生以長者資格作訓話式的指示。他很謙虛的說了一些客氣話以後，便坦率的指出聯合國中文文件的許多缺點。他尤其不喜歡由外國文直譯出來的文字。他說：「那些文字讀起來，不中不西，不知所云。我與其花費時間去看那種譯件，不如直接了當的去看原文。」當時就有人駁他說：「凡要從這些文件找資料或尋證據的，不見得人人能讀外國文」。

他又說：「嚴又陵先生所說的信、達、雅三點，固然可作翻譯的準繩。但是，爲要使聯合國刊行的東西像中國文件，又要使中國人看了有興趣，我寧願注重達和雅；至於信字，做到百分之七八十就夠了」。我事後向他解釋說：「我和你一樣的厭惡那些讀起來不順口的直譯文字。可是，聯合國文件有相當嚴重的法律意義。它們的正確性是一定要保持的」。但我仍然很重視他的意見。我除繼續維持文件翻譯的正確外，又以全力改善文字本身的品質，使它通俗、典雅，而又流暢易讀。

我於一九五六年秋天，環遊世界，從臺北到了美國的舊金山；正當胡先生也自紐約到伯克來城的加州大學講學。那時匈牙利的人民，發動反蘇革命，全世界都對那個由反蘇變爲反共的運動，寄予無窮的希望。我特往加大校園附近的一個旅館，訪問一別三年的胡先生。他容光煥發，談鋒甚健。他說匈國事變對中國、對世界，都有很大的影響。我們談了兩小時，我還覺得時間太短促。從中國現狀到世界大勢，從中共清算胡適思想到東歐衛星國的反共潮流，胡先生都廣徵博引的滔滔不絕。他使我印象最深的，不僅是他見聞豐富，而且是他對於中國和世界的前途，充滿著樂觀，希望和信心。我那天的日記便是這樣記下來的。

胡先生又說他本人對政治一向沒有興趣，今後他也不願意參加實際政治。但是，他覺得中國在現階段下，根本不需要任何政黨的組織。他因爲要強調民族主義在反共鬪爭中的重要性，所以他主張要救國，就不必要有政黨；人民本身便可以產生推翻極權暴政的力量。他認爲政黨的存在、政黨的作風，甚至政黨的觀念，都是和自由主義相牴觸的。

這當然是一個不大行得通的理想。可是，我要保持那次訪問的和諧氣氛，只有靜聽他的意見，而沒有和他辯論。我和他告別後就繼續我的長途旅行，幾乎把這一件事忘記了。我回紐約不久，聽說胡先生又把他的那個主張，對一位從臺灣到美國的新聞記者重述一遍。這個消息便立刻傳播到臺北和香港，掀動了一場所謂「毀黨救國」的爭辯，也引起了一點不愉快的誤會。

胡先生雖常說他對政治無興趣，但他對政治有熱忱、有理想，也有勇氣去發表他的議論，甚至不顧一切的堅持他的意見。他那不贊成中國有政黨的主張，旣在臺灣香港一帶引起了爭辯和誤會，他仍然不動搖他對他那主張的信念。一九五七年的初春，他在紐約華美協進社發表了一篇演說，不但重申他的一貫的主張，而且說臺灣當局應該廣開言路，不可缺乏民主政治所必需的容忍精神。

他那天說話相當激動，並有一點怒容。我當時很替他的健康擔心。但在散會的時候，他又笑容滿面的和我們話別，還說他不久就要回臺灣去。過了幾天，紐約華美日報忽然刋登了一篇「聽了胡適演說以後」的來論。那位署名「如心」的投稿人，自稱他是素來敬佩胡先生的，但對胡先生那天的演講表示異議，希望胡先生也以容忍的精神去看他的文章。

這位「如心」先生一開始就說：「胡先生不知受了什麼刺激，禁不住用了許多武斷的詞調，抨擊中國的各黨派。共產黨當然是他深惡痛絕的。國民黨也被他加上很難聽的形容詞。青年黨和民社黨更被他奚落了一頓。我和胡先生一樣，反共產、反極權、愛自由、愛民主，可是我不能同意他那種抹煞一切的言論，雖然我深信他是有救國的誠意的」。

後來我聽見那作者是一位退休已久的國民黨員。胡先生那晚對中山先生有微詞，他也很不高興。他說：「胡先生一向崇拜西洋文明，主張全盤西化，不知還記得遠在五六十年前，中山先生已在積極宣傳最進步的政治思想，和趕在時代前面的社會思想。近年中國建立了一點現代化的基礎，和一點民主自由的規模，平心而論，我還是不能不歸功於中山先生。」

胡先生回國主持中央研究院以後，雖然有時也來紐約接洽公務；但是我們晤談的機會就比以前減少了。我於一九六二年的一天，忽然聽見他於二月廿四日在臺逝世的消息，眞如晴天霹靂一樣，旣震驚，又悲戚。國家失去了一位最卓越的導師。我亦失去了我自幼就很崇敬的長者。我一九六四返臺，特到南港拜謁胡墓，又至其舊居低徊憑弔，實有「人之云亡，邦國殄瘁」的悲哀。

這若干年，海內外悼念胡先生的文章，我看的不少。我只記得我們在紐約開追思會的時候，林語堂先生曾說：「適之先生在道德文章上，在人品學問上，都足爲我輩師表。他的高風亮節，使我最敬佩，最景仰，最望塵莫及」。他那幾句話很能代表我們大家的哀思。我常常想：胡先生智慧那麼高，學養那麼深，如能生在承平的時代或政治安定的國家，他一定會有更成功、更偉大的造詣，也一定可以把那中共要清算，也是他自己頻頻提到的胡適思想，演變而爲博大精深的哲學體系。

他的得意門生羅志希（家倫）先生曾於胡先生六十二歲的時候，送他一首詩。其中有一節是：「你，六十二歲的鬥士。到現在，不祇有鬥士的精神，還有孩子的天眞，不但腔子裏有哲人的心，口角上還露出嬰兒的笑」。是的，胡先生是鬥士，是哲人。但是他最可愛的地方，還是他那顆天眞的赤子之心。

這首詩另有更精彩的一段。那就是：「人家說你和易近人，可是在正義和主張上，你却能和人爭；請你不要罵我用古文的濫調，眞是和而不同強哉矯。」我完全同意羅先生的看法。我上面敍述了一點胡先生的主張和辯論；我不一定贊同他的意見；有時還覺得他把一個問題看得太簡單，甚至有點近乎固執和偏頗。可是，我始終佩服他的信心、勇氣、樂觀的希望，和爲眞理而奮鬬的精神。志希先生的這首白話詩，最能概括我對胡先生的崇敬」。我今天回憶胡先生的嘉言懿行，同時想念這位追隨胡先生於地下的現代詩人。

（一九七三、二、十、紐約）

珍珠橋的懷念

我從民國十九年至二十一年主編中央日報。那正是九一八事變前後的三年。當時的社址是在南京國民政府後面的一條名叫珍珠橋的小巷子。事隔四十多年，現在回憶起來，我還記得許多與我同在報社服務的編輯同仁，和我個人一邊編報一邊教書的生活狀況，以及一切和報社有關聯的種種事物。我不知道時間過得那麼快，好像就同昨天差不多。

那時中央日報的編制是相當奇特的。它不設社長，只分編輯和經理二部；總編輯和總經理都分別向中央宣傳部直接負責。宣傳部長劉蘆隱先生要我擔任總編輯的時候，曾說中央常委胡漢民先生以我主編過總司令部所辦的京報，認為蔣先生必可同意我的新職。不久，中央常會通過宣傳部所提出的那個任命案，我乃從前任嚴愼予先生把中央日報接辦過來。

我一面請宣傳部指示機宜，一面向每天必到中央黨部辦公的胡先生請示宣傳方針，這是我第一次會見那位態度嚴肅不苟言笑的元老。他稱贊我在京報所寫的社論「有革命性」，望我秉承中央意旨，使中央日報成為名副其實的中央喉舌。日理萬機的蔣先生，也曾數次召見，勉勵有加。

我對兩位先生那麼和藹可親，那麼重視言論機構，實有極深刻的印象。

在我準備接事以前，陳果夫先生特邀李文範先生合宴我於離中山陵不遠的靈谷寺，和我商討此報應該如何彌補過去的缺陷和發展未來的業務。他們提供很多寶貴的意見。陳先生還對我說：「這個工作是很艱鉅，而且不易使各方面都滿意的。你一定要忍受各方面的批評和指摘。最重要的，就是除了宣揚黨的主義和中央的政策外，必須保持公正的立場，不作偏激的言論」。我那時不過二十多歲，雖具勇往直前的精神，但有年少氣盛的毛病。我正需要這樣語重心長的金石良言。

中央日報當時編第一版要聞的是金誠夫先生、採訪主任是王公弢先生、副刊主任是王平陵先生。我加聘鄧子駿先生每週寫兩三篇社論。我自已除寫社論，看大樣外，幾乎每條新聞都先過目才送排字房。每天從晚上七時開始，到次晨三四時爲止，我是不能一時一刻停歇的。我白天也常到報社處理一些和報社有關的事務。報社隔鄰適有一位老友周啓剛先生卜居。他是古巴僑領，後來當選中央委員的。當我在報社感覺疲勞的時候，我就到他家裏去和他聊天。他現在寄寓臺北。我們一見面，還常談到我們在珍珠橋時期的故事。

我在初接事的半年多，很謹愼的執行總編輯的職責，總算風平浪靜，沒有發生過任何不愉快的事故。不幸，黨內不久突然出了一個極端嚴重的政治糾紛。那就是蔣胡二先生因對臨時約法和國民會議問題，政見歧異，而致有所謂「湯山事件」的爆發；這個事件的發生，又和中央日報的一個新聞報導有關係。

那時我有一位聰明活潑的外勤記者黃世傑。他在中央政校畢業不久，就被我所聘用。他不但文筆流利，而且可以從許多政要，得到別的報館得不到的特殊消息。他居然會見了平日不肯接見新聞記者的胡先生，還把他對臨時約法及國民會議的意見，很生動的敍述出來。我事前看過他所寫的那篇訪問記，覺得一點錯誤也沒有；也便照普通稿件一樣的送去排版了。可是，後來胡先生方面便有不少人硬指中央日報所發表的那篇「報導」，就是湯山事件的導火線；甚至有人還說我是「奉命」故意寫出來的。這自然不是事實而是那些人的「神經過敏」。

然而，京滬平津各報對於這個性質嚴重的熱門新聞，都有見仁見智的看法和寫法。我這個代表中央意見，闡揚中央政策的黨報，究應如何去處理並解釋這個事件呢？同業以此問我。我當然以此問中央。可是，劉先生因和胡先生關係太深切，不肯表示任何意見。我只有和宣傳部秘書蕭同玆和方治二位先生，會商如何應付那個微妙局面的言論方針。我很僥倖的渡過了那個難關，而沒有出過若何紕漏。

在那幾個星期當中，我勞心焦思的寫文章，看大樣，還要隨時答復上海和平津各報駐京記者的詢問；幾乎到了廢寢忘食的境地。我既不願受中央當局的指責，又十分當心一般讀者的胡亂猜測和嚴厲批評。我每天都要到次晨大樣看完，報紙出版以後，才能放心回家休息。當時中央通訊社就因發稿不愼，而致社長免職。我那時正在中央大學工學院教課，又値新婚不久，眞想就在宣傳部改組的時候，辭去報社職務，脫離政治漩渦，專心做一個不問外事的工科教授。

中央當然不許我在那個時候辭職。我只能勉為其難的繼續幹下去。我除有一次在報社裏下樓不愼、跌傷右脚，數月不良於行外，在我寫社論、編新聞的業務上，似已做到「不求有功，但求無過」的地步。想不到，湯山事件發生不過半年，東北忽有「九一八」的慘變。日寇佔領了我們的東三省。全國悲憤異常，一致要求政府收復失地。那許多充滿愛國熱忱的青年學生，恨不得政府立刻對日本宣戰。我這個主編中央黨報的人，於是又遭遇了一個比湯山事件更嚴重、更難應付的危機。

青年學生只知道要打日本，而不知道中國當時還沒有對外作戰的實力，和政府忍辱負重的苦心。他們一批又一批的從上海和北平來到南京請願。共產黨利用那個很純潔的救國運動，煽惑一部份頭腦簡單的青年，叫他們由反日本，一變而為反政府和反國民黨。中央日報所在地的珍珠橋和門禁森嚴的國民政府，相隔只有一條街。學生們到了國府的前面，不得其門而入；請願既然得不着要領，就把他們的目標，立刻轉移到我那個「不設防」的中央日報。

當然，大多數學生是愛國而有理智的。他們並沒有輕信共產黨那些荒謬絕倫的宣傳，來搗毀我這個一面為中央國策辯護，一面呼籲同胞臥薪嘗膽的黨報。可是，我仍然不得不作應付暴亂的防範。我除要求軍警巡邏保護外，復在報社大門內外堆滿沙包，儼如戰場一樣。我最怕的是有人暗中對報館放火，或衝進來，將機器房及排字房加以破壞。

我們幾乎天天看見學生來示威，便是這樣相持了好多天。我以全力使報紙照常出版，沒有一天間斷。只有一次，一羣從上海來的學生，跑到報館前面，大叫反對政府「不抗日」的口號，並打破了報館前面的門窗；但經軍警婉言勸導，也悻悻然的自動解散了。就在那天晚上，我在一個朋友家裏吃飯，居然遇見了當日領隊去打報館的學生領袖周某。他經人介紹，知道我是中央日報的負責人，便向我一再表示歉意。我不但一笑置之，而且和他交換學生應該如何抗日救國的意見。那位能言善辯的青年，不幸十幾年後，竟做了南京汪記僞組織的一名官員。這是當時意想不到的事。

隨着九一八之後，就是一二八的淞滬之戰。我軍在上海一帶和日軍作戰，敵人竟遣砲艦向南京的下關開砲轟擊。我們的首都登時受到敵人的直接威脅。當時國民政府自林森主席以下，全部避難到河南的洛陽，就在那裏舉行後來在歷史上有名的國難會議。南京除了人心惶惶的老百姓外，只有拱衞首都的軍警。大家都不知道敵人何時會在下關登陸。日本軍閥那時的確有逼簽「城下之盟」的陰謀。我們如不遷都洛陽，恐怕就有更惡劣的後果。這是事後許多情報所證實的。

中央在倉卒遷洛以前，負責的當局都來不及對中央日報作任何部署及指示。我雖秉承無人，但認中央日報之於首都，實和軍警一樣的重要，決不能讓它一日停刊；否則街頭上一不看見報紙，全城便會立刻混亂起來。我和軍警取得密切聯絡，同下與首都共存亡的決心。我把家眷送到杭州岳家安頓，自已一天二十四小時都困守在報館裏。我既要使全體同仁不恐慌，又要使報紙每天按時出版，才可以安定早已恐慌萬狀的市民。

等到淞滬停戰協定簽字，中央要員還都，我已精疲力竭，不得不向代理宣傳部長邵元沖先生堅辭總編輯的職務。最後由我的老友，上海時事新報主筆程滄波先生接任。我幹了差不多三年「吃力不討好」的工作，便在那時鬆了一口氣，也為我辭職後的中央日報深慶得人。

時光過得眞快，一幌就已四十多年。我仍然繼續不斷的每天必讀這個歷史悠久而又和我發生過親切關係的中央日報。我復非常高興的看見它的成長和茁壯。我也因而常常懷念那個街名富有詩情畫意的珍珠橋。

（一九七四、一、三十、紐約）

索忍尼辛和沙克洛夫

當布里玆涅夫正以笑臉外交騙取西方科技和投資的時候，也當尼克森及布朗德幾個西方政客正以「消除世界緊張」爲口號，自欺欺人的瓦解民主陣線的時候，蘇俄忽然繼續不斷的發生知識份子對克里姆寧宮的呼號，以及他們對自由世界的當頭棒喝。

跟著那班學人大膽抗議的後面，就是蘇俄當局軟硬兼施的申斥和迫害。兩個可憐的文弱書生——一個是五十歲的歷史學家雅柯爾，一個是四十四歲的經濟學家喀拉新，聽說已經招了「口供」，認了「罪過」，而且得到了法官的「減刑」。

這顯然是四十年前維辛斯基替史達林清算無數「敵人」的舊戲重演。不過，那一次，個個「敵人」處死刑；這一次，兩個「罪犯」，很僥倖的保全了性命，只定三年禁閉和三年充軍。然而，在這樣暗無天日的刑罰之下，蘇俄「罪犯」的「生」，是否比「死」幸福，恐怕還是一個疑問。

史達林時代的赤色恐怖，重見今朝；這對高唱「談判代替敵對」的美國尼克森，和對實行「

東向」政策的西德布朗德，的確有點大煞風景，也使美德等國的人民再度認識蘇俄的眞面目，甚至還要問一問他們的領袖是不是被騙，自私自利，或乃不可思議的愚蠢糊塗。北約組織的盟邦，也可能會提高它們對蘇俄的警覺，和對美德親共聯蘇方針的懷疑。這似乎是今後一種不可避免的自然趨勢。

那兩個學人所經歷的「公審」，是不許西方記者旁聽的。在公審以前雅柯爾就已因對西方記者洩露消息的罪名，囚禁了十四年。喀拉新也被指爲社會寄生蟲，而在西伯利亞過了兩年的充軍生活。據塔斯社所透露的消息，這次是由於他們肯和政府「合作」，並已招認了犯罪的行爲，所以不判他們「反蘇的煽動及宣傳」的重罪，而只各定三年監禁和三年放逐。

審訊的過程既不公開，「罪犯」的招供，也只憑官方的報告。我們要知道他們的眞意向，只有研究他們被捕前的談話，才能探得一點他們的態度。雅氏是心直口快的人。他曾對西方記者說：「他們一動手打我，我便什麼話都照着他們講。這是我從集中營得來的經驗。你們應該明白那說話的不是眞正的我！」

這樣不光明的「屈打成招」，塔斯社還敢大事宣傳。這便證明克里姆寧宮羣魔，已下澈底消滅反抗運動的決心；也反映出他們一面爭取西方國家的科技與投資，一面阻止人民和西方人士有接觸。他們在這個時候，嚴懲這兩個與西方記者有交往的無辜文人，正是要產生殺一警百的作用。他們所最恐懼的並不是雅喀二氏，而是比雅喀二人重要百倍的另外兩個出類拔萃的人物。

那兩位特立獨行的鬥士，就是一九七〇年得諾貝爾文學獎金的大文豪索忍尼辛，和為蘇俄發明氫彈的大物理學家沙克洛夫。他們有正義感，又在學術界有崇高的地位。他們不畏強禦，而又敢對暴君迎頭痛擊。他們在蘇俄特務官員百般恐嚇之下，還要利用這個時機，大發震聾啓聵的宏論，使蘇俄的人駭汗相告，使國外的人知道今日的布里玆涅夫，是和過去的史達林毫無二致的。

索氏當年獲諾貝爾獎金，竟被蘇俄當局禁止領獎，早已得到全世界的注意及同情。最近他因政府不許他到莫斯科和妻兒同居，自行召集記者會，公開聲明他的生命被威脅，並且指出今日雅喀二氏的寃獄是同昔日史達林清黨一樣的可怕。他又補充一句：「我如突然被殺，或神奇的宣佈死亡，我便是被K、G、B所謀害的。」K、G、B就是特務警察的機構。

沙氏因常有西方記者訪問，也常被當局警告。他最近在他的住宅裏對西方記者說：「政府今日所宣傳的所謂東西兩方的和協，如不與蘇俄本身的民主改革，同時進行，那麼世界便會遭遇極大的危機」。這當然是對民主國家一針見血的警惕之言。可是，他便因此而受到無窮的壓迫，不但司法部召他面加申斥，而且科學界和文藝界，都「奉命」對他聲討及圍攻。

本來，當一九六四赫魯雪夫垮台的時候，蘇俄的知識份子，就已醞釀民主革新運動。他們並沒有具體的計劃，更不敢作推翻共產政權的企圖。他們不過是一羣毫無組織的書生，只希望有一個開放的社會，得一點自由表達的權利而已。

他們區區數千人，實在不能對那兩億五千萬人口的國家，發生若何影響力。一般輿論和傳播機構，旣爲官方所掌握；他們所出的刋物，只能依靠很危險的地下路線去分配，有時仗國外反蘇組織的協助，居然也有不少流到海外。他們的困苦艱難是非言可喻的。

可是，他們掙扎奮鬬的結果，一九六七郎已看見很大的成效。一九六八蘇俄對捷克進兵，他們便在莫斯科舉行相當規模的抗議。這當然更觸怒了克里姆寧宮。蘇俄自把捷克完全佔領以後，捷克的自由化運動固被全部摧殘。蘇俄知識界的仗義執言，也受了極嚴重的打擊。那些敢對政府抗議的人一個一個逮捕、審訊、定徒刑或送神經病院。有幾人流亡海外，還被政府剝奪了蘇俄的國籍。

現在克宮羣魔雖對一切反抗份子，深惡痛絕，但對索沙二氏卻有投鼠忌器的顧慮。這兩位學術界的權威，不但爲蘇俄人民所崇敬，而且被西方國家所重視。普通民衆受赤魔毒害，西方人早已視爲旣成事實，毫不足怪。但是，像索沙那樣的鉅人一遭蹂躪，西方人便會大驚小怪的叫囂起來。克宮羣魔絕對不願在這西方政客正被他們痲醉的時候，忽有文教名流慘遭共酋壓迫的事實及宣傳，所以，有時也不得不容忍一下索沙二氏的批評。

五十四歲的索忍尼辛，因爲政府不准他遷入俄京居住，居然敢致函內政部抗議。他說：「我四月前申請居住莫斯科，竟遭拒絕。我有一妻二子早已住在那裏。無論就法律或人道觀點而言，政府都無拒絕我與家人同住一處的理由。人民的住宅要由官廳指定。人民在國內非用護照，不能由此地遷到彼地，也不能由鄉村遷到城市。這在殖民地的國家也不應該是如此的。可是，蘇俄人民就在那種制度下，度過了四十二年，現在還要變本加厲。別人高談國際間的移民。我們在本國無權選擇自己的工作及住處。農奴制度已廢除了一百一十二年。我既非農奴，亦非僕役，爲什麼政府有權把我和我的妻兒分開！」

這是一篇充滿血淚的憤慨之言，只有他才能描寫的如此淋漓盡致。他以前所寫的「第一個圓圈」、「癌疾病房」、「一九一四年的八月」，都已名聞世界。他現在說，還有若干著作，要在他死後才出版。他雖常受當局的警告，也被作家協會所除名；但他不諱言他同情已被法庭定罪的雅喀二文人，也稱許沙克洛夫的民權運動。他說蘇俄今日的思想壓迫，實與毛共同爲一丘之貉；但要蘇俄再回到史達林時代，似乎已不可能。他就是那麼不屈不撓的一名硬漢。

五十二歲的沙克洛夫，不但是蘇俄「氫彈之父」，而且從一九四八到一九六八，他都從事秘密核彈的研究。他對蘇俄核器發展的貢獻極大，因而他在科學界的地位也極高。可是，他近年的思想有大轉變。他覺得一個這樣殘暴的政權，擁有那麼可怕的武器，一定會成爲人類的大災害。他受了良心責備之後，立卽放棄物理研究，從事民權運動，組織一個要求政府尊重法律的人權委員會。

他於一九六八發表「進步、共存、學術自由」的論文。他說東西兩大勢力的對峙，必使人類毀滅。他主張兩方逐漸會合起來。共產主義必須自由化。資本主義也應走向社會主義的途徑。兩方合流以後，才可共同解決地球上的人口、饑餓和環境污染等問題。他的論文一出來，登時就被當局所憎惡。他雖保留了科學院的院士，但他所主持的物理研究，立被當局開除。他也從此不談物理，專談民權。

上月廿一日他忽邀請西方記者到他莫斯科的寓所，暢談了九十分鐘。他說：「西方對於蘇俄的科技援助，可使當權派解決過去不能解決的許多問題，尤其是經濟方面的。其結果，整個世界必面對一個無法控制的官僚機構，一籌莫展。西方被蘇俄石油及自然氣的蘊藏所引誘，一心只要做買賣，而不想過問其他的事。甚至國際間文化的交流和人民的自由移動，也不積極要求。這實在是太危險的事。西方無條件的改善東西關係，等於培養一個經常戴著假面具，而又絕對不讓外間明瞭眞象的政權。從此以後，誰都對着這樣一個全部高度武裝的國家，莫可奈何」。這是悲天憫人的仁人之言，也是對西方國家的當頭棒喝。

克宮羣魔對於沙氏的放言高論，認爲忍無可忍；除令御用文人對他「圍剿」外，還由司法部官員面斥他「反蘇」而又向外人洩露國防秘密。這照蘇俄刑法，是可處以七年監禁，再加五年放逐的。沙氏據理直爭，復責當局不民主，不人道。在沙氏所舉出的許多遭陷害的文人當中，有一名叫阿馬利克的青年作家。阿氏曾在他所寫的一本書中，預言一黨專政的蘇俄，不能存在到一九八四年。他便因此下獄三年，又在身罹重病後再送集中營三年。這是最近發生，也是衆所週知的事實。

沙氏現已被人攻擊的體無完膚。他的未來命運恐怕是很悲慘的。可是，他仍然本着大無畏的精神，奮鬥到底。幾個同爲科學院院士的學人，居然堅拒簽名於咒駡沙氏的文件。數學家夏發維支公開的說：「沙氏對民主革新的主張，實比他對物理學及核器研究的貢獻，更加偉大。」這是空谷足音。這也證明沙氏並非曲高和寡；不過像他那麼大仁大勇的人太少一點而已。

這一連串悲劇的後果如何，此時尚難逆料。但它至少已使我們知道俄國在克宮黑暗統治之下，還能產生索沙二氏那一類「富貴不能淫，貧賤不能移，威武不能屈」的大丈夫。這是斯拉夫民族的光榮，也是人類萬般不幸中的大幸。同時，我們也知道克宮的政權，並非如鐵桶一樣的穩固；俄國的人民，亦非完全聽人宰割的綿羊。他們在惡魔奪權半世紀以後，還能保有自由的花蕾和革命的火燄，這眞是難能可貴的。

今日世界最大的危機，並不在國際共產黨的專制獨裁和侵略擴張，而是在西方國家義利不分，接受敵人的麻醉，甚至甘心做敵人的幫兇，去壓迫已被共產黨奴役的人民，去力促自由世界的土崩瓦解。那班認賊作父的無恥政客，那班唯利是圖的銅臭商人，做了國際共產黨的幫兇，實在等於殺人而又自殺。列寧半世紀以前說過：「我們如果要把所有的資本家都處絞刑，他們一定會爭著把繩子賣給我們。」我眞不敢相信西方人都是如列寧所講的那麼愚蠢！

（一九七三、九、七、紐約）

父親的叮嚀

我五歲在湖南長沙一私塾啓蒙讀書。當師長授我三字經和百家姓的時候，我的父親就讓我看一檀木小箱所藏的精裝書籍。他對我說：「這是我從福建永定帶出來的族譜。我望你不久讀四書五經，同時就要細看這族譜。你看了便知道我們賴家從周朝綿延到現在，已有三千多年。我們的祖宗由北方遷到南方。我們這一枝，定居福建的永定，也有幾百年的歷史」。

他又說：「我們飲水思源，就不能不尊敬我們的祖宗，也就不能不立志做好人、做有用的人，才可以替祖宗增光輝，替賴家爭榮譽。因此我們便不可不有族譜；你也便不可不看族譜。我們千萬不可變爲數典忘祖的人」。

父親講的那一篇話，我在半世紀以後回憶，依然覺得很有道理、很能激發年輕一輩的自尊心和向上心。我後來從進學校及出洋留學，到入社會工作，幾乎無時無刻不記得父親的遺訓。我無論求學或做事；無論是在國內辦學或從政，在海外當教授或擔任聯合國的職務，我都有一個同樣的信念。那就是讀書則必勤奮用功，力爭前茅，決不滯留在別人的後面；治事則必以進步及競賽的精神，不但要出人頭地，表現效能，而且要有服務和犧牲的決心，盡忠職守，造福人羣。

這一切的起點，我自信都是由於對家族、對祖先有責任感和義務感。我自幼就知道我如果不能對國家和社會有貢獻，就是違背了父親的鄭重叮囑，也就是辜負了家族和祖先的殷切期望。我幾乎把這種觀念當作個人立身行事的一種信仰。

也許有人以爲這種觀念，有點封建思想的意味。事實上，我走遍天下，又經過若干變亂，仍然覺得它既非復古，亦非守舊，而且正適合今日中國的需要。因爲行遠必自邇，登高必自卑；我們要救國，甚至要改造世界，都不應該離開家族的本位。西方國家的社會問題，實以少年犯罪爲最嚴重。而少年犯罪，又以家庭破裂爲主要原因。一個破裂的家庭，自然不能納子弟於正軌，更不能使子弟敬愛父母，顧全家聲。中國聖賢所講「齊家治國平天下」的原則，正是現代國家所應拳拳服膺的至理名言。

西方國家講現實、重功利。他們在畜牧學科上，對於牛馬的種類，可以遠溯到數十代以上。而他們對於自身的淵源，却從無如我們族譜一樣的紀錄。一個人如能說出他的父母的種族關係，或進一步的說到他兩三代以前的祖先，他已經是一位有心人了。這眞是一個無比的諷刺。

他們一聽見我們有族譜一類的刋物，無不覺得很奇怪，很有興趣。紐約的哥倫比亞大學，曾在這三四十年，向中國蒐集了兩樣西方國家所沒有的東西：一是縣誌、一是族譜。尤其是後者，聽說已達一千多部之多，可謂集族譜的大成。這恐怕是全世界獨一無二的族譜總彙。

臺灣賴族既於民國五十七年編印了內容充實，資料豐富的賴氏大族譜，現復聯絡羅傅兩族，合編賴羅傅聯宗大族譜。這實在是值得三族共同慶幸的一個偉舉。我讀賴國民宗兄的考據，稍知賴氏在周武王時代，封於河南賴地，以賴爲姓，並賜侯爵，後不幸爲楚靈王所併滅，但因與羅傅二姓毗連而居，具有姻戚關係，乃與二姓混合而形成同氣連枝的契合。

我們這三大姓，既爲血統相通的宗親，又爲患難相依的朋友；今日由於這部聯宗大族譜的編纂，必可進一步的增進親密與合作。這是我們三族一件最有意義的大事。這也可以說是我們開始奉行「齊家、治國、平天下」的古訓。

國民宗兄一再囑我寫一篇序文，固辭未獲，乃謹述先父昔日對我所講的家訓，益以個人一點感想和一點希望，以應國民宗兄的諄囑，並以祝我三大姓的團結和聯宗大族譜的成功。

（一九七〇年一月、紐約）

金門、柏林、板門店

我一生好遊歷，天南地北，不知到過多少地方；尤其是這十多年，航空便利，地球縮小，我環繞世界好幾次，遊覽了不少名山大川，觀察了許多新奇事物，欣賞了無數富有詩情畫意的美麗風景。

可是，在我的記憶中，只有三個在歷史上和地理上完全不相關聯的地方——金門、柏林、板門店，值得我一再留戀、一再回想，時時願坐下來，把這三個地方接連在一起，寫成一篇像遊記又像國際觀感的文章。

一般人想像中的金門，大概是一個久經變亂，瘡痍滿目的戰場，而在這戰場上居住的，當然都是受盡磨折，在炮火下苟延性命的一羣難民。最出乎我的意料的，就是政府爲我們特備的小飛機，一在金門着陸，我看到的是馬路平坦，房屋整潔，到處都是樹木花草的一個十分可愛的小島。

我雖然在那小島上，發現不少紀念戰爭的碑石，和警惕同胞「反共抗俄」的標語，但是看不出一點戰爭的痕跡。如果不是招待我們的軍官，引導我們走入電燈明亮的大隧道，讓我們看了很多新式武器，和砲口對着厦門的大砲，我幾乎認爲這是一個和美國黃石公園一樣的遊覽地區。

許多身體結實，滿面紅光的青年將士，英勇的站在他們的崗位上。我和他們握手。我表示我由衷的敬佩。從他們的面貌上和他們的談話中，我可以知道他們過去如何的保衞這個自由中國最前線的堡壘，如何一次又一次的抵抗了敵人的襲擊，並給敵人迎頭痛擊的報復。而且，我們更可以想像：將來有一天反攻號角一吹，他們會如何的把這個小島當作橋樑，登上隔海的大陸，去殲滅敵人，去解除同胞的鐵鍊，去完成光復祖國河山的神聖使命。

最使我驚奇的，便是那若干萬居民，既看不出一點歷年戰爭所遺留下來的創傷，也沒有甚麼戰爭的恐懼。他們很快樂的做工或經商，個個臉上有笑容。許多天眞活潑的兒童，在街上跳蹦嬉游。年長一點的都在公立學校上課。他們眞已達到安居樂業、閭閻不驚的太平境界；雖然有時候對岸的敵人，還把砲彈打過來。聽說居民也已司空見慣，安之若素。

我在隔離厦門最近的一個砲臺裏，用望遠鏡眺望對岸的大陸。我看見祖國河山依然如舊，依然十分可愛、依然一樣的雄壯動人。我簡直不敢相信那些美麗的田園，也就是祖宗墳墓所在的故國，現在竟變成了悲慘、黑暗、史無前例的人間地獄。我們親愛的同胞，在毛澤東那一班野獸的暴力統治下，眞是求生不得，求死不能。他們一定同我們有一樣的心情，天天望着金門和整個臺灣，祈禱國軍渡海反攻，使他們早一點脫離地獄，重見天日。

引導我們的軍人，讓我們看了軍事設備，聽了有關金門戰爭的英勇故事以後，把我們帶到一個小山上的平地，給我們很多彩色繽紛的大汽球，叫我們對着隔海的厦門施放。我看見那些汽球順着風向，飛入天空，便知道我們懷念大陸同胞的赤忱，光復神州的願望，和消除共產妖孽的意志，都已跟着它們飛到海峽的那邊，和我們的大陸同胞打成一片，融爲一體，深信一定可以爭得我們的最後勝利。

防衞金門的軍事長官，招待我們吃了一頓豐富的午餐，贈送一些珍貴的紀念品。當我品嘗馳名世界的金門高粱的時候，我就在那裏大做痛飲黃龍的美夢。我和守衞金門的英勇戰士一樣的充滿樂觀的希望。我永遠對祖國有信心，所以我也永遠對反攻復國有信心。

我參觀金門不久，便離開了臺灣。飛機把我帶到西柏林的美軍防守區。我一下飛機就進入了一個昌盛繁榮、滿街都是大小汽車的現代城市。我知道這裏美軍很多，但沒有遇見穿軍服的美國士兵。我所看見的到處都是熙來攘往的德國人民。他們身體強壯，精神飽滿，男女老少都現出很快樂很有活力的樣子。我幾乎忘記柏林曾在二次大戰中變成歷經聯軍轟炸的廢墟；而且也看不出它現在還是一個東西對峙，四分五裂的軍事區域。

一個市府設置的遊客問訊處，因爲我找不到旅館，特別把我安排在一家私人住宅。居停主人雖然不會說英文，但是很有禮貌，招待的十分週到。我行裝甫卸，她就替我叫了一部計程車，引我到泛美公司接洽到日內瓦的飛機，也順便問一問我如何可以利用這短短的時間遊覽柏林。我尤其想要知道怎樣可以到東柏林，去看東德人民的生活，以及蘇俄駐軍和東德傀儡政權的一般情況。

航空公司的小姐，力勸我放棄這個不必要的「冒險」。她說她是生於斯長於斯的德國人，知道共產黨是如何不講理而又不可測度的；他們隨時可以在我的護照上找麻煩，不要說我的安全沒有一點保障，就是只被他們無理的扣留一兩天，也會把我的旅行計劃破壞。我覺得她言之成理，而且講的娓娓動聽。加以我有公務在身，不能有時間上的躭擱，只好接受她的忠告，將東柏林之遊作罷。

我既取消了東柏林之遊，心裏有所不甘。於是我加入了一個環繞柏林圍牆的遊覽團。一部裝璜華麗的大汽車，滿載了我們四五十個遊客，經過清潔整齊的市區，看見了無數清新而具有現代藝術意味的高樓大厦，最後達到東德共產政權所建立的圍牆。我們沿着圍牆繞行一個多鐘頭。這個圍牆並不是一般人想像中，用磚石所砌成的一道牆。有的地方是戰場上常用的鐵絲網，有的只是一大堆無法走得過去的荆棘，有的就是一片陳舊的建築物。

圍牆的這一邊，我到處發現西德哨兵和他們使用的機鎗、鋼砲和警車。他們雖然是在嚴密戒備之中，但是面部表情都很輕鬆愉快。我徵得他們的允許，攝了不少的照片。有幾張還是我和他們站在機鎗旁邊合影的。靠近圍牆的西德居民並不多。他們若無其事的往來行走，絲毫不覺得這是戰爭的邊緣。

望過圍牆的那一邊，我看見一片肅殺沉重的景色。房頂上懸着繪有鐮刀斧頭的紅旗。荷鎗實彈的蘇俄和東德士兵，對着我們注視。我看得見他們一臉的橫肉，滿身的殺氣。他們的鎗桿下面找不着一個東德人民，看不見一幢像樣子的房屋。所有面對圍牆的樓房門窗，都用磚土塡塞，看樣子，不是禁止人民居住，便是不准人民瞭望。圍牆自然就是鐵幕的象徵。我雖然沒有進鐵幕，但是鐵幕內的悲慘、殘酷、暗無天日，我站在這一邊，已經看得相當清楚了。

我在環遊這個圍牆的時候，忽然發現好幾處地方，放着一束一束的鮮花。導遊者對我說，這些是西柏林居民每天供奉在這裏，紀念那許多東德人民向這邊潛逃而被共軍鎗擊喪命的。其中大多數是少壯男女和小孩，最近居然有幾個六七十歲的老婦人。他們那種奔向自由的精神，和他們所遭遇的不幸結局，眞値得我們的深切同情。我應該向他們的英靈致敬。

德國本來是整個的。蘇俄偏要把它分爲東德和西德。柏林本來是德國的首都。蘇俄偏要把它腰斬爲二段，使兩邊人民不能往來；其中許多有骨肉關係的人，便是這樣永遠隔斷了。這樣違反人性的行爲，只有共產黨做得出，也只有蘇俄才有這樣倒行逆施的膽量。

甘心爲虎作倀的東德傀儡，騎在東德人民的頭上，不但沒有把東德治理的和西德一樣，而且在他們的暴政下，生產低降，工商凋零，一般人民的生活正和東歐其他衞星國一樣的落後。我站在圍牆的邊緣，便可以看見東柏林和西柏林形成兩個不同的世界，也可以想像到整個德國的東西兩邊，就是柏林現象的擴大而已。

德國在這個世紀內，發動了兩次大戰，兩次最後都失敗了。到現在，一般人尤其是吃過德國苦頭的其他歐洲人，對於德國人還懷着一種畏懼和防備的心理。我現在不想在這裏討論兩次大戰的功罪。我只有一個認識。那便是以德國民族的堅強、勇敢、和一往直前的奮鬪精神，再加上他們學術的進步和科學技能的精湛，我幾乎可以武斷的說，德國人是永遠打不倒的。過去，他們無論受了甚麼挫折，一跌下去就會站起來。現在他們雖然是被蘇俄分割了，但是俄國人永遠不是他們的對手。

這二十年來的西德復興，就是歐洲一個奇蹟。我遊柏林便想起德國既能產生叱咤風雲的英雄豪傑，如十九世紀的俾斯麥，和二十世紀的奥登敖；又有康德、尼采那樣的哲學家，歌德那樣的文學家，悲多芬那樣的音樂家，愛因斯坦那樣的科學家。就是共產主義鼻祖馬克斯，混世魔王希特勒，也都是德國「貢獻」給世界的。

德國人眞是不平凡的民族。同時，德國又處在舉足輕重的歐洲腹地。無論從那方面看，將來能夠制裁蘇俄擴張，打消東西對峙局勢的，德國一定是一個最重要的角色。俄國人要把德國分割到今天這個樣子，正是出於深切畏懼的動機。我看了柏林，又遊了西德的好幾個城市，更加強我的這個信念。

我在遊過金門和柏林以後，到過香港多次，也一度在西貢盤桓了好幾天；總算親身經歷了鐵幕邊緣的奇形怪狀。可是我仍然不滿足。於是我有一次特從東京飛到漢城。我要看一看這個東亞另一反共堡壘的韓國。我承幾位朋友的款待，看了舊的王宮，新的華克山公園、也環遊了車馬輻輳的市廛。我還要看一次舉世聞名的板門店。

在駐韓我國大使館的安排下，我們驅車到達了北緯三十八度南韓北韓分界，也就是聯軍與韓共舉行和談的板門店。當地美軍先招待我們喝咖啡，並向我們講解韓戰歷史和地理的背景。他們展開了幾張分析詳明的圖表。我們邊看邊聽，已經得了一個兩軍對壘的簡單輪廓。他們然後以軍車送我們到板門店山頭的會議室。我們沿途通過不少全副武裝的美國哨兵。這班穿着整齊、態度謙和的美國少年，防守着南韓的前線，現出嚴密戒備的樣子。我就等於看見了一幅東西冷戰的圖畫。

我們最後到達南韓政府所設立的自由廳。另一美國軍官引導我們參觀會議室及辦公室。他在會議室中講解兩方會議的情形，並指着桌上陳列的聯合國及北韓的小旗，說明開會時韓共如何將北韓國旗提高幾寸，使它超越聯合國旗的幼稚行爲。他又說這是歷史上絕無僅有的所謂和談。他們每二星期舉行一次會議。韓共每次無理取鬧，不讓那些會議解決任何問題。雙方便是這樣如做戲一般的表演了十多年。

我在板門店看見了北韓共軍若干人，有時我和他們相隔不過四五呎。美軍事先警告我不可照相，也不可與之交談，以免引起無謂的麻煩。我在那裏行走時，只見他們怒目而視的望着我們。我便想到一個完整的韓國，竟被蘇俄活生生的分裂爲兩段，硬叫他們所佔據的北邊爲人民共和國。那班出賣祖國的北韓傀儡，正同東德傀儡一樣，沐猴而冠，儼然自立政權，成天和南韓的同胞搗亂。韓戰結束了十多年，韓人仍然沒有和平統一的希望。蘇俄就是要這樣製造緊張、敵對，隨時可能重起戰爭的狀況，才能達成他們永遠割裂韓國，甚至以北韓侵佔南韓的陰謀。

南韓這一邊，我從朋友口述和我所目覩的，知道早已步入比較繁榮而在日求發展的階段。朴正熙總統年富力強，有爲有守，可稱爲不可多得的一位領袖。同時，我也知道這個武裝的和平，全靠常川駐在南韓的聯合國軍，也就是美國軍隊，南韓才保持一個相當安定但須隨時警戒的局面。北韓唯恐天下不亂，時時向南韓作軍事的挑釁，或間諜的困擾。一旦國際上有何事端，或美國對外政策有何變動，韓戰可以立刻再度爆發。南韓能否抵禦北韓的襲擊，還要看今後世界局勢的演變。

我看了這個具有歷史意義的板門店，旣悲韓國人民的不幸遭遇，復看出國際共產黨破壞韓國，赤化亞洲的永無停歇。我雖然敬佩南韓人民的勵精圖治，但是我覺得國際共產主義不消滅，不但南韓不能過安寧的日子，就是整個世界也是時時受着嚴重威脅的。

我在三個不同的時候，遊了三個不同的地方——金門、柏林、板門店。我進一步的看出國際共產黨的毒辣和凶狠，以及今日全世界所面對着的困難與危機。可是我並不悲觀，並不氣餒，因爲我深信人類求生存，求自由的意志，已經在這三個處在自由世界最前線的金門、柏林、板門店，毫無疑義的充分表現出來。

我們因爲有這三個反共堡壘的精神號召，更覺得自己有勇氣、有決心、有鬬志，更認爲那絕對違反人性、違反自然、違反時代精神的馬克斯主義和國際共產運動，一定走上失敗與覆滅的道路；而最後的勝利，一定屬於我們爲民主自由而奮鬬的人類。

我站在金門小島上，便知道中共會崩潰，中華民國會復興，金門就是我們反共復國的橋樑。我在柏林的圍牆外面逡巡，便已認定德國人打不倒，東德西德分而復合，德國人早晚要完成他們的統一。我立在板門店的小山上，便相信南韓不但可以抵禦北韓的入侵，而且還可以揮戈北指，打破三十八度的界限，恢復韓國的完整。

你說這是一個美麗的甜夢麼？我說這是我們的願望，我們的禱祝，也是我們的堅強的信心。

（一九六九、五、一、紐約）

危險的「天才」

全世界現在都知道美國的第二號重要人物，不是副總統安格紐，也不是國務卿羅吉斯，而是名爲國家安全顧問的季辛吉。這個官階不及一閣員，職位不過一策士的猶太人，三年以來，已經變成呼風喚雨，法術無邊的怪物。他不但完全痲醉了足智多謀的尼克森，而且乾脆的替尼克森決定了外交政策，左右了美國的政治，轉變了世界的局勢。

人人叫季辛吉爲不世出的「天才」。他究竟是甚麼人，他的思想、他的才能、他的願望、他的種族和家庭的背景，凡研究國際問題的人，尤其是現已吃過他苦頭的中國人，都不可不有一個相當的認。

他一九二三年生於德國一個小村莊的猶太家庭。他的父親是女子中學的體育教員。希特勒上臺的時候，他已經有十歲多了。那時納粹黨的反猶運動正如火如荼的開展。他一進中學就被同學們戲弄和欺侮。因爲他生性怯懦，復無運動家的體格，所以常被青年團員拳打脚踢，最後竟被他們排斥而改入了猶太人自辦的學校。

老季辛吉不久也喪失了他的工作。全家的自由和生存權利都被剝奪，窮無所歸，乃於一九三八年逃到倫敦，再由倫敦移民到紐約。季氏以一知識正在啓蒙時期的少年，就飽嚐了納粹黨殘酷的迫害。他的心理和性格，自然都受了不可磨滅的影響。我們不必要心理學家的分析，也可以明白這個道理。

可是，季氏一口否認的說：「我童年所經歷的，並沒有控制我一生的心理和生活；因爲我年紀太輕，納粹黨的那一套，我不太瞭解，也不覺得怎樣不快樂」。這是強詞奪理的違心之論。

季氏到了紐約以後，一家生活仍然很艱苦。他不得不一面讀中學，一面做工維持家庭的開支。他在一個毛刷廠所得的工資，自然不會太充裕。由於他的猶太背景和德國口音，他又遭遇過不少的困擾，便不知不覺的產生了一點莫名其妙的自卑感。

他在二次大戰的時候服兵役，被人發現他的智力測驗的分數，高出一般士兵之上，就被編入儲才備用的特種兵營。美軍和聯軍打進德國，他因爲德語講的流利，就成爲當時美軍最需要的翻譯員。後來美軍佔領一個二十萬人的克雷費廸，他便派爲那個城市的管理員。不到三天功夫，這位二十歲的小兵，居然把市政機構恢復，讓一切工作都能很順利的進行。

他既一鳴驚人的表現了行政才能，就被派到人口更多的柏格司屈斯、主持當地市政。他又證明他有高度的工作效率，而且從不濫用他的權力。最後他調到總指揮部的情報學校當教官，復因成績優異，竟以一從未進過大學的青年，得到年薪萬元的職位。

然而，季辛吉胸懷大志，不以萬元年薪爲滿足。他要回國受高深的大學教育。他於一九四六進入哈佛大學，攻讀哲學和歷史、特別注重國際問題的研究。他的博士論文是「一個重建的世界」。那是敍論十九世紀大奸雄奧地利首相梅特涅，如何在那一八一五年所召開的維也納會議，處分拿破崙打倒以後的歐洲，以及他締結神聖同盟，擴張君權、抑制人民的陰謀詭計。梅特涅就是要在拿破崙勢力消滅後，使用他的權術政治，造成歐洲的權力平衡，絕對不讓任何一個強權，能夠有指揮或控制其他國家的可能。他目光四射，軟硬兼施，有時擺笑臉，有時用恐嚇，只要達到目的，威迫利誘全來，從來不參雜甚麼道義或是非的觀念。

季辛吉十分崇拜梅特涅，尤其欣賞他在一個革命時代而能以保守主義達到權力平衡的目的。他所一心嚮往的權力外交，正是脫胎於梅氏那種不擇手段的技巧。他認爲美國處在今日兩個超級強權對峙的核子時代，仍然應該把一百五十多年前的梅特涅，當作玩政治、弄權術的圭臬。

可是他的成名，並不由於那篇博士論文，而是在他一九五七年出版的「核子武器和外交政策」。他的智慧既在哈佛大學被人重視，他曾一度想去做外交季刊（Foreign Affairs）的經理，雖然沒有成爲事實，但是他依仗那個權威雜誌的支持與援引，不但完成了那本思慮周詳，見解新穎的新著作，而且打進了那個對於美國外交政策具有莫大潛勢力的外交關係協會 Council of Foreign Relations。

季辛吉在「核子武器和外交政策」那本書上，反覆申說大家都害怕的全面核子大戰，雖不一定打得起來，但是有限度的核子戰爭，必然是無法避免的。他說美蘇如以兵戎相見，絕對不會相互的把莫斯科和華盛頓毀滅，就算結束了戰爭。他認爲今後的戰爭，從戰場上的核子槍砲，直到多彈頭的核子飛彈，可以把戰爭的形勢變得複雜若干倍；由那些形勢所引起的未知數，也因而增加了若干倍。

他說美國以一主要核子國家，對着另一主要核子國家，杜勒斯所提倡的大力報復，早已證明行不通；就是以核器對核器的競賽，也是消耗國力而永無止境的蠢辦法。所以，他主張美國應該採用一種和梅特湼差不多的彈性外交，或向敵人妥協而言歸於好，或和敵人直接或間接的從事有限度的核子戰爭。那樣的外交，也可以說是協商、恐嚇和實際力量的混合物。

季辛吉的新著作，雖然性質太專門，文筆也不算很流暢，但是，由於他觀察銳利，立論新奇，立刻變成國際重視的暢銷書。而且，美國擁有大量核子武器而不敢使用，成天對着蘇俄，又畏懼，又憂慮，又一籌莫展。季氏正於此時此地，發表了這本針對當前局勢，復言他人所未能言的新理論，所以立刻引起了國內政治家和戰略家的注意。

當時身任副總統的尼克森，因對那本書有深刻的印象，所以對那著書人也有濃厚的興趣。可是季氏根本沒有把尼氏看在眼上。他從一九六〇年起，先後向甘迺迪及詹森兩個總統，和洛克菲勒那個總統競選人干進，不是以「結束越戰」爲引餌，便是把他那本書當作敲門磚。甘、詹、洛三人都用過他爲閒員，但都沒有接納他的獻策。

一九六八年洛克菲勒和尼克森競爭共和黨總統候選人的提名，季氏做了洛氏的外交顧問。他曾公開對人說：「尼克森怎麼配做總統……。」想不到，尼氏競選成功，洛氏把季氏介紹給新總統，他立刻被他一向看不起的人所重用。

中國人論時局，最喜歡用成語。有人說尼克森和季辛吉的結合是如魚得水、也有人說是如虎添翼。無論誰是魚或虎，誰是水或翼，兩個人，一以奸詐著稱，一以智謀見長，現在同佔了世界上威權最偉大的白宮基地，爲善爲惡，都可以發生旋轉乾坤的力量。再加上他們同有「狠」和「辣」的功夫，那更是一個極可怕的現象。

這三年來，從東南亞到中東，從亞局到歐局，從尼克森主義到「越戰越南化」，尤其是最近半年，尼克森一會兒宣佈訪毛共、一會兒宣佈去蘇俄、一會兒要和英、法、德、日的首長會談；甚至國內工資物價的凍結、通貨膨脹的制裁、以及那個影響世界金融的新經濟政策的決定，幾乎沒有一件不是季氏精心擘劃，尼氏言聽計從。兩個人的雙簧，唱的有聲有色，做的多彩多姿，一切的一切，都以目前美國的利益爲依歸，根本不管其他國家的生死存亡。而所謂美國的利益，又以尼氏明年爭取總統連任爲第一着。

以尼氏的聰明和經驗，他何嘗不知道他的冒險政策，是使親痛而仇快，也可能促致美國的衰退和危亡。可是他一意孤行，毫不追悔。他還洋洋得意的認爲他對外已將大部份美軍從南越撤退，又避免了美國和共產世界的直接衝突；對內平靜了人民的反戰運動，阻遏了經濟不景氣狀況的擴張。而且，他覥顏和毛共親善，不但超過了民主黨政敵的媚共行爲，而且加深了俄毛兩個共產強權的敵對狀況。

大多數人民並不同意他這一廂情願的意見。反對他的，簡直說他心勞日拙，一無成就。越戰旣無法結束，高棉和寮國的軍事也不順利，而反先把東南亞放棄了。俄毛兩邊都不討好，而反把自由世界的盟邦，包括亞洲的日本和印度，幾乎全部得罪了。最不可饒恕的，就是他出賣中華民國，把那惡貫滿盈的毛共引進國際組織，造成毀滅聯合國憲章，顚倒是非黑白的大混亂。

美國人好把羅馬帝國的沒落，去比盛極而衰的美國。我們絕對不願看見美國重蹈羅馬帝國的覆轍。因爲那不但是美國的刼運，也是世界的大災難。尼氏如果明年連選連任，他還要繼續執政五年多。他那冒險政策如不改絃更張，還不知要流毒五年以後多少年。萬一不幸美國眞的變成了羅馬帝國，那麼尼克森這個時代，實在要負最大的責任。

有人因爲季辛吉徹底改變了尼克森的政策和人格，懷疑他和二十多年前尼氏所檢舉的國務院紅人又兼蘇俄間諜的希斯是同一類的人。這是毫無事實根據的揣測。有人因季氏的驕橫與專斷，而遷怒到其他猶太人，甚至要發動大規模的反猶運動。這些都是不近情理的。

然而，筆者常和猶太人接觸，深知他們精明強幹，用心深刻，而又自強不息，吃苦耐勞。也許因爲二千年來，他們受盡其他民族的排斥和壓迫，他們對任何人都懷着猜疑、仇恨、報復、自私、唯利是圖的心理。希特勒屠殺六百萬猶太人，已使他們產生一種奇異的變態邏輯。那就是希魔代表邪惡，他既反共，那麼共產黨當然不是邪惡的。十多年前，筆者赴普林斯頓大學訪問科學界怪傑愛因斯坦，曾詢他對宗教的意見。他避作正面答復，只說「希特勒不信宗教，所以宗教一定是好的」。

季辛吉是否有同樣心理，我不知道。可是，我看他能由轉變尼克森，而轉變了整個世界的局勢，不能不承認他的確是「天才」，也是毫無疑義的危險的「天才」。

（一九七一、十二、三、紐約）

老實話和人情味

張淵揚兄以其新著「海外留鴻」行將付梓，向我徵求序文。我和淵揚兄相識甚久，近年同客紐約，又同為華美日報的特約撰述人；我自然很願寫一點我對於這本書的感想。

我記得兩年前，他的另一著作「紐約來鴻」出版，潘公展和易君左二兄在他們的序文和跋文裏，同聲稱頌他的文章是有趣味的「小品」，也是很卓越的散文。我同意他們的說法。他的每一篇文字發表，我總以先睹為快。

有人說，他的作品，簡明流暢，所選題材，又幾乎無所不包，很像美國報紙上的專欄或特寫。我雖然看過不少專欄和特寫的文字，可是眞能使我滿意的並不太多。最近美國一本暢銷書，是哥爾頓氏寫的「只有在美國」（Only In America）。它的流利的文筆，和充滿人情味的敍述及評論，有一點像「海外留鴻」的英文版。

我在「海外留鴻」許多性質不同的文章中，找出一個很有意義的共同點；那便是作者到處表現他的眞情和至性。他不唱高調。他敢說老實話。他講平易近人的哲理。一個平凡的故事，一個普通的觀感，經他娓娓道來，就如兄弟們促膝談心，又像幾個老友把酒論天下事。讀者在閱讀這些文章的時候，不知不覺的已經受了他精神上的啓示和影響了。

「隱惡揚善」，本來是很好的古訓。但是，這個傳統的美德，似乎已在現代化的過程中逐漸消失。有的人還會走入相反的途徑，或則嫉賢妒能，幸災樂禍，或則顚倒是非、淆亂黑白。我在「海外留鴻」這本書中，常常發現作者對於善人的歌頌，和善事的贊揚。這眞是此時此地的空谷足音，也可以反映出作者平日待人接物的誠摯態度。

作者篤信宗敎，身體力行。他有佈道者的精神，卻不用說敎者的方式。他不標榜「文以載道」，也不高談「言之有物」。然而，所謂「道」，所謂「物」，好像他每一篇文章的字裏行間，都可以找得出來。我特別提出以上這幾點，也許可以使讀者於欣賞文章之餘，還明瞭作者的苦心孤詣；那麼，我這篇「附驥」的序文，也算得有一點意義了。

（一九六〇、八、二、紐約）

粲花妙舌的佈道人

美國許多大城市，常常出現一位高大、頎長、壯健、和藹、皮膚紅潤，滿頭金髮的美男子。你如果在路上遇見他，大概會以爲他不是百老滙的舞臺歌王，就是好萊塢的電影明星。但是，他一開口便是「聖經是這麼說的！」或「我主耶穌叫我們這樣做！」

這就是二十三年來，成天對世人，尤其對美國人，大聲疾呼，叫他們要醒悟，要自救救人，還要救世界的佈道家葛理翰 Billy Graham。也有人把他連名帶姓的譯作葛培理。

在這個崇尚物質，迷信金錢的美國社會裏，宗敎一天比一天式微。敎堂形同虛設。做禮拜或望彌撒，也變成了只重形式而沒有內容的禮節。葛理翰所講的那一套話，如果是出於普通牧師或神父之口，大家會說那是人人都聽膩了的傳敎「八股」；縱令不至嗤之以鼻，也可能要避之唯恐不速。

可是，葛理翰在紐約、芝加哥、或洛杉磯一類的大城，一開佈道大會，美國人就同看棒球或足球一樣的狂熱，「萬人空巷」的擠到大廣場裏，去聽他的講道，去看他的風采，去同他一道唱歌，一道祈禱，好像都受了聖靈的感動，跟着他向一個共同的目標邁進。

他爲他的「爲基督進軍」運動 Crusade for Christ，幾乎走遍美國各大城市和世界許多重要地區。聽過他佈道的人，至少在五千萬以上。有一百五十多萬人，就在他的佈道大會中，公開聲明願意參加他的那個運動，願意爲那個崇高的目的而服務，而犧牲。

十幾年前，我在紐約一個最大的棒球場，看見一個十多萬人聽他講道的大場面。一年以前，我又在紐約麥廸森方場花園大厦，親聆他那苦口婆心，發人深省的演說。我也在電視及廣播上，聽過他無數次的傳道。他那誠懇的態度，英俊的神態，仁慈的語言，和慷慨激昂的聲調，每一次都使我欽佩、折服、恨不能加入他的隊伍，走到世界每一角落，去宏揚救人救世的福音。

最近美國舉行一次所謂「最受人尊敬的人物」的民意測驗，葛理翰乃爲全國十人中的第三名。他的孚眾望，得人心，早已超出了宗教的派別和政治的系統。在美國的民主政治之下，任何人可以競選任何職位。過去曾有不少人想捧他出來競選總統。他本人卻從來沒有這個念頭。他一再強調他不參與實際政治。他願以佈道爲其終身事業。

這二十多年來，美國的總統，從艾森豪到尼克森，每逢自己治理國政發生疑難的時候，就請他到白宮去講道，或徵詢他對某一問題的意見。他和尼克森的友誼最親密。他說「尼克森有很深的宗教信仰，但不善於公開表達出來」。他從來不因他和權貴有交往而向人炫耀。他說：「我無論是對大眾演說，無論是在辦公室或高爾夫球場和少數人談天；我所講的基督故事，都可以滿足一個大家所共有的願望。我知道全世界有名望的成功者，和一切孤獨的或貧苦的人們，都有這同樣的迫切需要。」

他爲什麼能夠號召那麼多羣眾？他爲什麼能夠超越一般傳教師而成爲萬人膜拜的特出人物？許多神學家，社會學家和心理學家，都想求得一答案，而去研究他的性格，言論和行爲。他一向是虛懷若谷而從來不因自己成功而自滿的。他只說他是奉行上蒼旨意的一個極平凡的佈道人。

葛理翰的卓越口才和他那具有電磁性的吸引力，當然是他成功的一個大原因。事實上，他所講的那些道理，都很簡明，很直率，既無神秘的色彩，也不含有高深的哲理。可是，每一次他的聲音一經麥克風擴大，立刻就變成上蒼所要傳達到人類的福音。它是那麼有靈感，那麼有戲劇性，那麼扣人的心弦！

他佈道，除帶幾頁大綱外，從來沒有長篇大論的文稿。他只有一本隨身不離的聖經。他引經據典，出口成章。他講聖經的故事，更能粲花妙舌，發聾振聵。他把古代的經典，譯成家喻戶曉的現代語文，使觀眾都能得一親切、真誠、而又深入淺出的印象。

他是深明「以身作則」的道理的。他知道他所代表的，是神的象徵，也是道德的力量。他教品勵行，循規蹈矩；他和他的妻子兒女所過的生活，都和最普通的美國人一樣，從來沒有因個人事業有成就而志得意滿。他肯接受任何人的批評，也隨時表現他有謙讓的美德。他曾說：「我不是有特殊智慧的人。許多傳教師的造詣都比我高強。如果一旦聖靈離開了我的生命，我的嘴唇會立刻變成蔴木」。有人問他爲什麼上帝選中了他去傳播福音。他說「這正是我將來進天國後第一句要問祂的話」。

虔誠的信仰和堅定的意志，可以說是他能號召萬千羣眾而達成傳道任務的基本原因。他無論是對美國的白宮主人，英國的王室顯貴，或任何國家的大眾平民，他的主要講詞差不多是一樣的。他雖然寫過若干本書，也不知作過多少次講演，可是他所傳播的福音，可以用很簡單的幾句話，加以綜合和詮釋。

他認爲人的一切問題，都是起源於人不服從上帝的誡律。人的貪婪、仇恨，自私自利，造成世界的罪惡。基督爲人贖罪而上十字架。人卽應獲得神的助力，遵照聖經所訓示的一切，去消除世界的罪惡。我們要愛人，必先愛上帝。我們要改變世界，必先改造人心。人應爲社會贖罪而自救，而救世界。

主張無神論而又絕對違反人性的共產獨裁和馬克斯主義，是葛理翰所深惡痛絕的。可是，他注重政治而不談現實政治。他從來不以「反共」作他傳道的題材。他只知道用基督敎的仁愛，對抗共產黨的殘忍和仇恨。他始終保守他宗敎家的本位，不作過於涉及政治性的講演。

可是，社會上如有任何不公平的事發生，他一定去爭辯，去糾正，去奔走呼號。他很勇敢的面對許多大家認爲無法解決的社會問題。美國的黑人久受白人的壓迫，尤其是南方的種族歧視幾乎到了荒謬絕倫的境界。葛氏是南方人，他的佈道事業也是從南方開始的。然而，他堅持「黑白在上帝前一律平等。黑人今日所最需要的就是仁愛和公平。聯邦政府所規定的黑白一體的原則，一定要嚴格遵守」。他因而觸怒了無數白人，也因而損失了他們的鉅額捐款。他不但絲毫不介懷，而且仍然我行我素的，宣揚他的種族平等，黑白一家的道理。

所謂時代的差距，實在是現代社會的一個大問題。年輕的看不起年老的。年老的也把年輕的看作不可救藥的叛徒。今日美國大學的不斷的暴亂和一般青年的墮落無恥，沒有人講起不痛心，不焦慮。葛理翰雖然敬老尊賢，但是從來沒有對青年失信心。他說「只要你坦白眞誠的和青年講話，他們都抱着尊敬的態度和期望的心情，來靜聽你的理由，來了解你的意見，也願意毫無保留的和你討論問題」。

他認爲今日青年的反叛，有兩個重要的原因。一個是他們和成年人的心靈交通的缺少或阻隔。一個是他們既要求精神的滿足，又需要道德的權威。他們因爲二者都得不到，所以由失望而至絕望。他又說「就過去的來講，他們的問題是在如何去消除罪惡。現在的人，連罪惡是什麼也不明白。他們把一切問題都諉之於他們所隸屬的社會」。他不但不躲避那些披頭散髮，囚首垢面的嬉皮，而且常常走進他們的聚居處所，和他們混合，靜聽他們那些怨天尤人的牢騷。他並不覺得他們怎樣可怕，怎樣臭氣逼人。

有一次，他家附近的一大學，出現了大批嬉皮。他和夫人立刻請他們到家裏來參加一個無所不談的茶會。他講他的一套理論，也讓嬉皮暢所欲言，每問必答。三小時一幌就過去，賓主皆大歡樂。這一類的茶會，不久便改組而爲查經班。一部份嬉皮不但變作虔誠忠實的宗教信徒，而且成爲改善環境，革新社會的一種力量。他們充分發揮他們的青年精神，去幫助當地一切亟待援救的病人和貧民。

又一次，他在遊覽勝地邁阿密舉行佈道大會；附近一個海灘游泳場，發生幾千大學生的騷亂。警察束手無策。市長一開口就被學生轟下來。葛理翰立刻跑上講臺去，問大家所信仰的究竟是什麼。他們大聲回答說是「性」。他便說：「那是很重要的。沒有性，我們今天還能站在此地嗎？」他便在大家哄笑聲中，對他們講了半小時大道理，也痛快的闡釋「性」的意義和它與生命的重要關係。他事後對人說：「我從來沒有遇見那麼安靜聽道的一羣可愛的青年」。

近年美國所謂反物質，反現狀，反一切典章文物的潮流，眞如雨後春筍，一發而不可收拾。大家除歎人心不古外，好像一點對策都沒有。年長的一輩，有時還因爲過於溺愛自己的子弟，而有意無意的加以縱容或鼓勵。葛氏便不是這樣。他總是照着上面提過的那些方式，絲毫不懷成見的深入青年羣眾；先是盡量同情他們，愛護他們，跟着便以全力說服他們，領導他們。無論是吸毒的嬉皮，縱慾的流氓，或高呼革命口號的暴徒，葛氏都以「雖千萬人吾往矣」的精神，跑進他們的圈子，單刀直入的詢問他們的意見，駁斥他們的荒謬言論，和他們坦率的爭辯，也傾聽他們海濶天空的申訴。不一定個個都能接受他那「皈依基督」的號召，可是，大多數都被他的眞誠所感動。其中便有不少人，從那時起，革面洗心，不但滌除過去的罪惡，而且開始新的希望和新的生命，大家下決心要做好公民。

葛理翰如果單靠他的口才和風釆，卽令有神的輔導和靈的感應，也不易深達那麼衆多的民衆和那麼廣泛的地區。他今天能夠獲得這樣驚人的成功，大部份也是由於他有組織的天才，又知道運用最現代化的大衆傳播工具。他還有一個不可多得的特長。那就是一個領袖人物所必需具備的「知人善任」的本領。

他的佈道團總部設在明尼那波里斯城，專任工作人員有四百多位，大多數是有熱忱，有能力的青年。他們除了每年舉行兩百次以上的佈道大會外，還要發行各種書刊，影片和小册子。「決志」月刊每期刊印四百萬份，乃爲最暢銷的宗教刊物。「決志」廣播節目已由九百七十五家電臺廣播。他自己經常在電視上出現。他所編行的佈道電影也爲二百三十五家電視臺所採用。他每週要答復兩萬五千封和他討論各種問題的來函。

我個人有一次在紐約參與葛氏的佈道大會，就有六七萬人準時到場。我只看見肅靜無聲的聽衆，包括各種膚色、職業、宗敎、年齡的善男信女。我的座位前後，便坐了很多不信基督敎的猶太人，和服裝比較引人注目的天主敎神父和修女。講壇上除一座大鋼琴外，還陳列了無數紅紅綠綠的鮮花。整個會場都彌漫着莊嚴肅穆的氣氛，復陪襯着美麗和諧的景色。當地的贊助人和輔導人，靜坐在環繞講壇三邊的幾十排靠椅上。講壇後面的梯形席次，站著四千位白衣隊員所組成的聖歌班。會場上又有四千位服務員，往來各處，招待來賓，並照料一切雜務。

開場時間一到，葛理翰便如政治領袖一樣，也如歌劇明星一樣，面帶笑容，手捧聖經，很安詳的走上講壇，開始他那扣人心絃，感人肺腑的佈道演講。他演講約四五十分鐘，就在祈禱之後，進行他已倡導了幾十年的「決志」節目。「決志」的人們，一個一個走到講壇前面，接受他的祝福，共下決心，加入他那為基督服務的行列。他便是這樣吸引了年以數十萬計的美國信徒，也就是這樣打進了頑固守舊的英國社會，復侵入了南斯拉夫和其他共產主義的國家。他今年四月在西德佈道，當場表示「決志」的便有一萬五千餘人。他佈道的電視紀錄，轉播歐洲十一個國家，包括鐵幕內外三十五個城市。他在這短短的二十多年幾乎走遍了地球上每一個重要的角落。

西方人常說每一個成功者的後面必有一女人。葛理翰雖曾於幼時受過賢明父母的教導，但是他一生事業最大的輔佐，還是來自他的「內助」。他的夫人露絲是一位美麗、端莊、精明能幹，篤信上帝，而又和她丈夫一樣的熱心佈道者。她和他是大學時代的同學。他們結婚已二十七年。他們婚後的全部時間，都盡瘁於佈道的生活。他無論到那裏講演，她總是形影不離的做一名幕後的計劃者和組織者。

她是在中國生長的。她的父親是江蘇淮陰縣的傳教醫師。他曾在清江浦設立一個三百多病床的「仁慈醫院」。他的名字是 Nelson Bell，所以人人都叫他鍾院長。她幼時呀呀學語，是先講中文而後習英文的。她到現在還能講一口帶有清江浦音的江北話。她也能做幾樣道地的揚州菜。

葛理翰年輕時只想做一名棒球手，直到他十八歲進聖經學院，才下決心做傳教師。他曾說一生對他事業最有影響力量的，除了父母和聖經學院院長外，就是那位信心堅定，能力卓越的岳丈。當然，他的夫人對他的一切，是屬於岳丈這個範圍的。他們有五個兒女，長女早已成家立業，兒子還在大學求學。他們那個富有宗教教養的美滿家庭，是人人見了都讚頌不置的。他雖已五十一歲了，但他身體健康，精神抖擻，看起來不過四十許人。他和體育家一樣的一身充滿了青春的活力。

他不但自身具有青年精神，而且深切了解一般青年的天眞，幼稚，煩燥和苦悶。他的佈道大會，無論到幾千人或幾萬人，出席的百分之七十五以上，都是二十五歲以內的青年。他每次都講出青年心坎中所要講的話，也和青年一樣的批評社會上種種不公平，不合理的現象。但是，他申斥暴亂、痛責吸毒，縱慾，和其他戕賊青年心身的罪惡，反對一切違反國家利益及破壞法律和秩序的行爲。他口若懸河，滔滔不絕，說得萬千聽眾心悅誠服。

今日的美國，不但年輕人找不到出路，就是大多數成年人，包括政府當局和各階層的負責領袖，也都被越戰，中東，美蘇關係，以及學潮、犯罪、種族仇恨和通貨膨脹等問題所困擾，而動盪不安，而徬徨迷惘。他們同樣的需要指點迷津的先知。葛理翰正是上蒼爲美國人所安排的精神領導者。

有人比葛氏如教皇。事實上，在美國的民主制度下，他絕對不會達成教皇那麼的莊嚴神聖。也有人稱他爲「基督先生」。還有人說他是代表各種宗教的發言人。無論怎樣，他是奉行上蒼意旨，激發人類良知良能的道德力量。美國是維護民主自由，反抗極權暴政的領袖國家。他喚醒美國人，就是拯救了美國，也拯救了世界。他便是這樣完成了上蒼叫他把福音帶給全人類的偉大使命。

（一九七〇、十、廿五、於紐約）

念南越

當東西兩方都在以全力爭取亞洲的今天，東南亞那個地區，可以說是一個打「冷戰」的熱戰場。而南越更是那個戰場的重心，也是那個大半島的鎖鑰。

這一年多，南越的一切，無論是軍事的或政治的，經過了很大的變化。尤其是去年十一月二日的西貢政變，不但吳廷琰的政府被推翻，而且，整個戰局的面貌，和美國在東南亞的力量，都來了一個急劇的轉變。

我在吳廷琰聲望甚高的時候，遊過一次南越，並曾以遊客的眼光，寫了若干篇南越遊記。現在我把這些文章再讀一遍，覺得我當時當地的觀察和感想，並不因南越現狀的變遷，而需要若何更改。

這一篇所揀選的材料大部份偏重文化方面，也談一點風俗、習慣，和其他社會問題。這些，因爲不涉及政治的是非得失，今日發表固然如此，再過一兩年發表，也不會有「明日黃花」之譏。

中國籍的比利時神父

我的飛機一到西貢，我便看見機場上許多接我的朋友。第一位跑過來和我握手的，就是幾年不見的老友雷震遠神父。他如果知道我對人說他是比利時人，可能會很不高興；因爲他在河北佈道多年，入了中華民國國籍，而且還是一位赤忱愛國的鬪士。

凡認識這位神父的，一定同意這個「鬪士」名稱的恰當。他於抗戰期間，曾和他的師長雷鳴遠神父在華北打游擊；勝利以後，又在那一帶單獨和中共爭鬪。他既是抗日英雄，又是反共先鋒；眞所謂身經百戰，九死一生。如果有人否認他爲中國人，難怪他要「義憤塡膺」了。

他因爲受過中共的毒害，又有和他們爭鬪的經驗，所以，澈底了解中共那一套欺騙民眾的把戲，和殺人不眨眼的殘酷作風。大陸淪陷以後，他跑到美國作反共宣傳。他一邊講演，一邊寫作，大聲疾呼地叫美國人不要再上中共的惡當。他用英文寫了一本風行一時的「內奸」，暴露抗戰前後中共勾結日寇，斷送祖國的罪惡。

南越總統吳廷琰佩服他的眼光和經驗，執政以後，立刻聘他爲顧問。他又以同樣的奮鬪精神，對於南越的內政外交，多所建樹；尤其是如何抵抗北越的南侵，如何爭取美國及其他友邦的援助，他都有很大的貢獻。

他不但替當地華僑做了很多教育文化的工作，而且還爲中越兩國的友誼，築起一座堅固的橋樑。幾年前，兩國曾因華僑入籍問題，發生了很大的誤會。後來，就是由於他的奔走調停，那個問題就很順利的迎刃而解。華僑至今仍和南越政府合作無間。他又陪吳廷琰訪問了一次臺灣。

我和他久別重逢，自然一見了就有許多話要說。他雖然能講流利的英語，但是他要現出中國國民的本色，一定要和我用國語對談。他那深脆、宏亮、略帶河北土音的北方話，用來申斥敵人的兇惡、殘忍、卑鄙無恥；聲調鏗鏘，聽了十分夠味。

西貢風光和中法文化

西貢，同東南亞其他大城市如曼谷、仰光、新加坡差不多，又熱，又潮溼，又常常下陣雨。可是，在這許多大城市中。西貢是唯一具有濃厚的法國風光的。在西貢，如能偶然忘記南越所面對的赤禍和戰爭，我們會錯覺地認爲已經到了巴黎。

在這裏，你無論走大街或小巷，到處可以看見法國式的建築，鬧市中的咖啡館，公園裏的路邊餐室，簡直和在巴黎所見的差不多。除了本國的方言外，大多數人都能說法語，雖然近年由於美援的關係，英文也四處通行了。

法國的帝國主義和殖民主義，的確在這裏遺留了不少的東西。好的壞的全有。從現代化一點來講，法國人自然把西方文化的精華介紹了很多。西貢這個美麗的新都會，便是最顯著的例子。至於他們過去在這裏所施於人民的政治壓迫和經濟搾取，甚至造成許多貪婪、欺詐、腐敗的醜惡狀況，稍明東南亞情形的人，是沒有不知道的。

事實上，法國那幾十年的統治，並沒有怎樣動搖越南得自中國文化的傳統。我到了南越，就好像回到中國城市一樣，尤其是西貢市西南的堤岸；那裏二十多萬人口，幾乎全部是華僑。就是堤岸以外的越南土著，其面貌、其動作、其風俗習慣，也和中國差不多。

我在東南亞其他各國，看見當地土著，除皮膚比較黧黑外，都和我們的廣東福建人大同小異。只有在南越，我所看見的安南人，和我們長江流域的人差不多。他們的體魄似乎不太健壯，精神也稍嫌文弱一點，大有蘇杭人的神氣。

本來，他們和我們，不但在地理上兩國緊緊的毗連，就是在歷史上，從秦始皇興兵平越開始，到法國佔領安南為止，我們發生了兩千年的歷史關係。在前一個時期，它是中國的縣。在後一個時期，它受過宋元明清的策封。因此，法國人在十九世紀才帶來的西方文化。似乎還抵當不了中國的流風遺韻。

樹膠園一瞥

一位西貢朋友引導我去遊一個離西貢百多哩的樹膠園。我不但看見了園地的廣大，橡樹的繁多，而且領略了三個特點：㈠過去殖民主義者的工作成果，㈡現在越共所施於人民的恐怖和破壞，㈢游擊隊經常出沒地區的概況。

這個樹膠園的法國主人密雪林，很有禮貌地招待我們吃了一餐豐富的午飯，又用小汽車載着我們圍著園地走了一個大圈子。我們放棄了許多枝節小道，只選比較重要的地方停下來參觀，就已花費了三小時。我們在「走馬看花」的巡行中，也可以想見這個樹膠園規模之宏偉，資本之雄厚。

密雪林等幾個法國人告我，這個園地上種有橡樹一百五十萬株，僱用工人四千，直接間接賴以謀生的總在萬人以上。南越政府徵稅百分之三十，等於全國總稅收的百分之十。每年可產樹膠一萬噸，全部運銷法國。他并不以高稅爲苦，還對政府的保護週到，一再表示感激。

他們引我去參觀他的船塢、碼頭、鐵路、許多現代的機械，無數鐵工廠和鍊膠廠。他又替工人建設了新村、學校、和娛樂中心。他說，園地戰時被日軍佔領，戰後經越共破壞，景況遠不如前。他指點著最近越共游擊隊焚毀工廠設備的許多痕跡。他說每次越共來襲擊，一定要屠殺許多工人，有時弄得工廠停頓，工人失業。

這些法國人，也許過去剝削過安南，虐待過當地的土人。可是，現在他們飽經世變，表面上一點資本帝國主義者的神氣也沒有了。他們態度很和藹，講話也很近情理。從他們的言語中，我知道他們仍然保持著拓荒者的企業精神，在危險環境裏，努力增加樹膠的生產，又能和南越政府保持友好合作的關係。

我們這一天的旅行，一路所經過的，大部份是越共出沒的游擊地區，我們雖然僥倖沒有遇見他們，可是他們所遺留下來的恐怖和破壞，看了眞是觸目驚心。尤其是聽了當地農民和工人的申訴以後，我們只有表示憤慨和同情。當晚在大雨滂沱中返西貢，大家怕黑暗裏埋伏有敵人，都有一點提心弔膽。一直等到我們看見西貢的萬家燈火，我們才鬆弛了那幾小時的緊張情緒。

技術協助——中國的新貢獻

西方人由於歧視心理和短淺的眼光，常常把中國列入落後的國家。我不否認我們的物質建設和科學進步，衡諸美國或西歐，自然有相當的距離。可是，我們的智慧、能力、與文化傳統，不但較一般亞非民族優越，就是同西方人相比，也絕對沒有什麼愧色。

無論在東南亞任何一國，華僑在企業上的成就，在經濟上的力量，早已證明中國人不是落後民族。這幾年，中國政府對於好多國家的技術協助，做得有聲有色，尤其增加了我們的國際聲望。

在西貢，我親眼看見我的朋友趙耀東替南越辦紡織廠。從計劃、集資、蓋廠房、購機械，到招集工人，開工出貨，全由他一手「包辦」。他和他的青年幫手，一切措施，做得那麼順利，那麼迅速，那麼講效率，有實用。在短短的兩三年當中，他們替越南解決了「衣」的問題，也替當地人民製造了不少「做工」的機會。

在南越的美國人都說中國技術協助的成功，是由於中國人和安南人在種族上及習慣上很接近。當地土人也覺得中國人和他們是一家，而且是用平等的立場去扶植他們，不是如西方人那樣高視闊步地去教訓他們。

還有一點也很重要。我們的生活方式和經濟制度，都和他們的差不多。因此，我們對於算賬、購機器、買原料、發工資、定布價，決不會用美國標準去衡量。我們是站在南越人的立場，替南越人解決南越的問題。

這樣的技術協助，因爲有事實擺在前面，所以很容易得到南越政府和人民的衷心感戴。中國過去只以古老文明爲號召，現在突然換了一個身份，一個姿態，很自信地把現代的知識和技能，去扶植人家走上現代化的道路。這自然是有深長的意義和影響的。

華僑和土人

中國歷年被外國侵略。我們身受其苦的，莫不痛恨帝國主義的傲慢和驕橫。半世紀以來的民族主義，已經叫醒我們要爭氣，要用自尊心去對抗侵略者的高傲狂。

我國國民革命的成功，以及對日抗戰的勝利，總算消除了若干自卑感，恢復了一點自信力。我們也因而特別同情全世界爭自由爭獨立的民族，無論他們是屬於亞洲、非洲、或東歐各國。

我旅行東南亞，看見那一羣新興國家，一面還在繼續擺脫舊殖民主義的羈絆，一面又面對着更可怕的赤色帝國主義的滲透與顚覆，我們有同樣的痛苦經驗，自然更了解他們的重重困難。我們和他們的疆土多毗連，而華僑又佈滿了這個地區的每個角落。我實在不能沒有一種息息相關的親切之感。

然而，我在東南亞遊歷，忽然發現好多華僑對於所在國的土人，居然不知不覺地存有一種不合理、不健全的歧視心理。我研究這種現象的原因，似乎可以歸納而成爲兩點：一是雙方語言習慣的隔膜，一是自身對於中國歷史文化的炫耀心理。這當然和以前西方帝國主義者對殖民地的態度，完全是不相同的。

中國人講恕道，一向明白「推己及人」和「己所不欲，勿施於人」的道理。那些新興國家脫離了帝國主義的桎梏，我們正應爲他們欣幸，怎麼還可以有瞧不起他們的神氣。他們在經濟競爭上，已有「自愧不如」之感。如果他們在精神上還要受人「虐待」，難怪他們要發生莫大的反感了。

我在南越就聽見人說：以前法國人以一等人自居，以二等人視華僑，以三等人待土人。現在，法國勢力被驅除，土人翻身，早已恢復了主人的地位。我們如果再把土人當三等人，那是最愚蠢，最不合情理的。我在馬來亞和新加坡，也看見同樣的現象。有一部份事業很成功的華僑，反不覺得那是不正常的心理。

華僑識大義，講現實，明是非；上面所說的這些道理，只要有人提醒，我想大家都會知所警惕的。

越南女子的丰采

我曾把越南人比我國的江南人，而越南女子眉目清秀，嬌小玲瓏，幾乎可以和蘇杭女子相比。我認爲越南女人是東南亞最美麗的。

當然，我說這句話，可能會得罪越南以外的東南亞人。可是，我不否認任何民族在容貌上，正和在其他本質上一樣，各有其特具的優點。菲律賓的女人豪放天眞，能歌善舞，和西班牙人差不多。泰國的女人，皮膚雖然黑一點，但活潑聰明，春風滿面，舞蹈的姿式尤足令人欣賞。馬來亞和新加坡的女人，很多歐化得和西洋的仕女差不多，還充滿着熱帶的情調。

然而，我仍然要說越南女子是東南亞地區最富有女性的嫵媚的。她們用不着學他國女人的濃裝艷抹矯柔造作，就有那上帝所賜予的天然美。她們的皮膚很白嫩。她們的頭髮烏黑而柔軟。還有那一副娉娉婷婷的身段，那一身飄飄若仙的長衫，看了都可以使人陶醉。

講到她們的衣服，它的上身雖然和中國的旗袍一樣，可是她的下擺，開叉開到手臂的下腋，現出裏面五光十色的長褲。這便是越南獨有的特殊式樣。她們走起路來，好像被微風吹動，現出苗條瘦小，弱不禁風的樣子。她們講法國話，正如夜鶯唱歌一般，似比吳儂軟語還動人。

西貢的腳踏車和機器單車很盛行。許多人便讓他們的妻子或愛人，坐在駕駛人的後面，緊緊抱着駕駛人的腰部，招搖過市，得意揚揚。她們頭上戴的紅紅綠綠的草帽，身上穿的開叉高過大腿的長袍，互相輝映，相得益彰。

這樣的女人，這樣的景象，我在西貢市上看的太多，幾乎忘記了南越在越共襲擊下所遭遇的厄運；更不敢相信這樣愛好和平的民族，還會產生那樣窮兇極惡的「越共」。

中國文化在越南

越南是東南亞各國受中國薰陶最久最深的。越南人的面貌、膚色、風俗、習慣，幾乎和我們一樣。聽說一般人都以有中國血統為榮耀。

正和日本人高麗人相同，他們老一輩的人大多數熟諳中國文字及古聖先賢的經典。我在西貢一帶遊名勝古跡，到處看見漢文銘刻的石碑。有一次，我還在一塊石碑上，讀了一篇駢四驪六的古文。以前，滿街的招牌，都是用漢文書寫的。學校裏也設有中文科目。獨立以後，這些景象自然跟着改變了。

法國滅亡越南，法文變成日常通用的文字。現在，社會各階層的領袖人物，還講很流利的法語。但是。他們認為要有獨立的文字，才有獨立的國家。所以他們近年積極推行拉丁化的越南文。他們同時又醉心中國的固有文化，尤其是我國的倫理觀念及道德標準。他們贊助西貢孔學會的成立，幾年前，還曾聘請孔子第七十代後裔孔德成到西貢宣揚孔學。

雷震遠神父對我說，現在好多有思想的越南人，不但推崇孔孟學說，而且還在提倡所謂恢復古越文的運動。說穿了，古越文便是漢文的文言文。我在一次宴會席上，遇見一位博學多聞的最高法院大法官。他講的雖然是法文，但是他卻強調漢文的重要性。他甚至說，一個人如果不學習漢文，他還配稱爲越南的知識份子嗎？

在逗留西貢的短短幾天裏，我訪問了幾個越南人的家庭。他們桌上所陳列的是中國古董，壁上所懸掛的是中國字畫。我所遇見的越南人，個個用中國姓名。凡在泰、緬、印尼所常聽的那些詰屈聱牙的稱呼，我在越南從來沒有發現過。

中越文化的交流

任何人遊越南，都可以看見此土中國文化傳播之廣，儒家思想濡染之深，簡直不是別國人所能想像的。

我在上面提過：西貢一位大法官曾說，一個越南人如果沒有漢文做根柢，他就不配稱爲知識份子。這是現代人的說法。事實上，遠在一七一八年，越南學人就有「六經以外無他道，學問同尊孔氏書」那一類的詩句。

中國和越南，發生了兩千年的關係。有史可稽的，可以遠溯到秦始皇時代。前漢書和後漢書，對於中國文教的南流，迭有簡明的記載。那個地區，有時稱爲百越，有時又叫交趾，越南這個國名，是在嘉隆統一南北以後才確定的。

儒家思想，從後漢初期，便一步一步地傳進了越南。後漢書的南蠻傳，曾說「漢平帝派官員在交州，教其耕稼，製爲冠履，初設媒娉，始爲婚娶，建立學校，導之儀禮。」這些，乃爲可靠的事實，並不是史官的誇大。

後來，佛教在中國盛行，也慢慢地由中國流入越境。唐宋以後，越南人讀佛經，要先懂漢文，甚至還要精通儒家的學說。因此，佛教向越南的發展，也助成了漢文和儒學的滋長。

在十一世紀的時候，越南施行包括詞賦的和經義的考試制度。河內在那時建立了一座文廟。他們一面設國學院，講授四書五經，一面採用狀元、榜眼、探花的頭銜，鼓舞士人投考。漢學昌明時代，乃在十五世紀。當時的國君，不但親臨殿試，而且「置百官，設學校，以經義詩賦二科取士，彬彬有華風焉」。這些都是明史上所紀錄的。

迨至十八九世紀，中國國勢衰落，越南也跟著一蹶不振。一八六七年，法國併吞越南，立刻停辦漢文學校，廢除考試制度。可是九十多年的法國統治，雖然法化了一部份越南，却沒有消滅根深柢固的中國文化。越南正式獨立以後，無論那一方面的領袖，都認爲立國的根本，仍然離開不了漢學和儒教。他們在公開場合中，常常強調中越兩個「同受孔子哲學的薰陶，在種族上和文化上，是同兄弟一樣」。這不但加強了兩國的邦交，也奠定了兩國文化交流的基礎。

（一九六四、七、紐約）

老報人的追思

趙君豪先生三年前在臺北溘然仙逝的時候，我和他相識不過六七年，自然不能算是他的老朋友。可是，在那短短的時期，我已經認識他是有修養、有能力、有經驗的模範報人，又是我新得的一位好友、一位知音。

那大約是十年以前的事了。君豪先生環遊歐美，曾在紐約停留了好幾天。他的申報老同事潘公展先生請他在一家上海餐館吃飯，我被邀作陪。這便爲我和他第一次見面。他那雍容的儀表、誠懇的態度、坦白親切的談吐，登時給我一個極良好的印象。

我那時服務聯合國；由於所謂國際公務員不能發表政治性的言論，我已擱筆多年，不但不寫文章，且亦不作公開演講。名小說家南宮搏先生在香港辦了一個名叫「新雜誌」的文藝月刊，登載了我以前寫的幾篇遊記。本來我自己對於那些小品文字，並不怎樣滿意，想不到君豪先生看了，認爲正適合「自由談」所定的山水、人物、思想三個範圍，而且又與現實政治不發生聯繫。

他回臺北不久，就立刻來信堅囑我爲「自由談」寫稿。我當時工作正極繁忙，寫作的情緒也不太濃厚。可是，他給我的書牘、措詞那麼懇切，那麼有力量。我為他的誠意所感動，就寫了一篇記遊書感的短文、滿以為我便是這樣交了卷，也答復了他的盛情。我的第一篇文章在「自由談」發表，他就用航郵寄了我一份，並附函對我文大加獎飾。

從那次以後，我便在君豪先生一再讚揚、鼓勵、催促之下，連續寫了若干篇遊記一類的東西。有一個短時期，「自由談」幾乎每期都有我的文章。這不是我對寫作發生了新的興趣，而是我抵禦不了他那許多充滿熱情和友誼的催稿函件。他每次必說「自由談」如何需要我的作品，讀者如何愛好我的遊記。他信末必補一句：「大作如能於某月某日前寄到臺北、就可趕在下一期排登」。

我並不以為這是近乎「追逼」，而且還帶一點緊張氣氛的「拉稿」。相反的，我十分佩服他那種忠誠服務的精神，和一般報人所不易具有的傻勁；只要他的信一來，我的文章一定去。我也覺得自己的作品被人欣賞和重視，實在是一種安慰、一種滿足。那時一位朋友曾笑我為多產作家。實際上，我很知道君豪先生選擇之精，讀者鑒別之嚴。我下筆以前，必先讀若干參考資料，完稿以後，又必反覆修潤，有時還要重寫一二遍，從來不敢粗製濫造，敷衍塞責。

君豪先生又常託我替他選購美國新出版的名著。我也隨時注意美國雜誌報章的好材料，一有所獲，便立刻剪下航寄。他一收到也就立刻請人迻譯發表。有時一篇有價值、有趣味的文章，剛在美國問世，「自由談」幾乎同時就有了清新流暢的譯文。這樣合作無間的成果，也是我們二人共同欣慰的一件快事。我對他好像負了永遠還不清的文債；就是在我多次環遊世界的旅行中，我也時時留心蒐集寶貴的資料，或則在隨身的日記上，寫下可作題材的大綱，留待回到紐約再加整理，使之成爲「自由談」的文稿。我就是這樣引起了自己對於寫作的興趣，也是這樣增加了我對君豪先生的友誼。

最後一次我和君豪先生晤面，乃在一九六六年的夏天。我回臺北省親。他設盛宴歡迎，並介紹我認識他的幾位文化界的朋友。他也到我寓所訪問。他不但健壯如常，而且談笑風生，歷久不倦。我離臺北的時候，他還趕至機場送行，又送了幾本自由談社出版的新書。誰也沒有料到那一別便成了永訣。我回紐約以後，他和我還通了幾次信，仍然是念念不忘的要我多寫文章，多蒐集資料。最後一次他提到他身體不適，臥病多時。我只以爲那不過是傷風咳嗽的小毛病。十一月的一天，突然看見紐約報紙登載君豪先生逝世的噩耗；我簡直不敢相信我自己的眼睛。

那時適值聯合國舉行第二十一屆大會，我因主持中文部事務，正忙得頭昏腦脹，日不暇給；想寫一篇哀悼文也找不出一點時間。後來，我看見「自由談」登出來的追思文字，篇篇都是讚頌君豪先生生平美德的好文章。尤其是靜波夫人的那幾篇，眞是字字血淚、句句眞誠，任何人讀了都會非常感動的。我想無論怎樣，我寫不出那麼扣人心弦的文字，就只好以無言的悲戚、沈默的哀悼，去思念這位我所喜悅、我所欽佩，而又相見恨晚，相別太快的好友。

君豪先生魂歸道山已三年，而「自由談」在靜波夫人和諸同仁繼續努力之下，依然保持他的一貫作風。而且，內容日益充實，文字日益精美，正已做到他平日所希望的日新又新的長足進步。我每次讀「自由談」，就無異看見了我的好友，也就等於和他書齋對坐，促膝談心。我深信他的事業，他的精神，他的道德文章，長久存留於人間，就是象徵一位模範報人的永生。

（一九六九、十、十四、紐約）

壽自由談

（附錄）

君豪先生要我寫一篇短文，紀念自由談十五週年。我是自由談的投稿人，又是它的長期讀者。我便以這雙重資格，說一點我的感想。

我一生癖嗜不多，而獨愛好書報；一天不讀，就比饑餓還難過。近年寓居紐約；適爲書報出版很豐富的地方。我每天花在閱讀的時間，不知多少。家裏自備的不夠，我還要經常跑到圖書館，去看新的出版物。

生爲中國人，自然更喜歡讀中國的東西；我一面既感奮的文史的繁多而亟待整理；一面又覺得新的刋物的貧乏，而難以應時代的要求，尤其是日報和定期出版的雜誌。所謂貧乏，並不單指數量；就從質量而言，我們也幾乎樣樣趕不上人家。

不要說那些專談學術的刋物，在我國是鳳毛麟角；就是通俗雜誌，如美國的「生活」、「時代」、「讀者文摘」、「新聞週刊」，也不容易多看見。事實上，這一類的定期刋物，最能增進國民教育，影響國民生活。在這緊張忙碌的現代社會，它們的重要性和普遍性，實在和日報、廣播、電影、電視差不多。

五六年前，我在紐約書坊裏第一次發現自由談，立生濃厚的興趣。五六年來，我沒有一期間斷過。我常對人說：這才是中國社會不可多得的民間刊物。它和歐美日本同性質的雜誌相比，都可以得到很高的分數。

無論就內容、標題、編排方法或封面設計而言，自由談都已達到進步而現代化的水準。介紹各地風光的遊記，固然是最引人注意的。其他如文藝小說、掌故、插圖、回憶錄等等，也取材精彩，很受讀者歡迎。

出版這一類的刊物，「趣味」是一個必不可少的條件。爲什麼一個人讀經史會打瞌睡，而看小說可以晝夜不停呢？就是因爲後者比前者有趣味。自由談的編者便緊緊地把握了這一點。我每在自由談讀了一篇趣味盎然的文章，正同喝了一杯芬香的淸茶，飲了一杯醲郁的旨酒，一樣的高興，一樣的痛快。

自由談還有一個特點。那便是雅俗共賞，老少咸宜。本來任何一種雜誌，只可適合某一類人的興趣。而自由談卻能擁有背景不同，年齡相隔很遠的讀者。中學生大學生把它當作增加常識的課外讀物。學人、專家、職業界的人物，也認爲它有超過消遣文字的價値。

三年前，我遇君豪先生於紐約，後又讀其大作「東到西」，知道他和我有同樣的嗜好——好遊歷，又好寫遊記。辱承不棄，諄囑投稿；我於是由自由談的讀者成爲自由談的作者，自然深感榮幸。今當自由談十五週年紀念之日，謹書數語，以祝自由談的發揚光大，更祝中國出版界產生更多和自由談一樣卓越的好刊物。

（一九六四、四）

美京點滴

美國京城華盛頓，遊過的人很多；我前後也不知去了多少次。若要寫一篇遊記，我眞的不曉得從那裏說起。就是寫成了，讀的人，到過的會覺得平淡無奇；沒有到過的也可能說「這些人云亦云的記載，我早從書報上看過了。」

今年又有幾位朋友邀我作美京之遊。我的太太也想趁那春光明媚的季節，尋找一點繪畫的新資料。一位老當益壯的好友，自告奮勇的開長途汽車。我這個好遊成性的人，便不由自主的，也興高彩烈的，跟著大家再去觀光這個百看不厭的美京。

我們在美京停留的時間不太長。新交舊識，熱忱款待，一頓飯每每是二三小時。許多要看的地方，因而來不及一一看到。可是，重要的，美麗的，有歷史意義的，似乎都沒有遺漏。我還以老馬識途的資格，替同遊的朋友作了幾次嚮導。

國會和白宮，當然是我們首先要瞻仰的。華盛頓紀念碑和林肯紀念廳，我們也在那裏徘徊了很久。我很喜歡這兩大建築物的簡單樸素，而又具有莊嚴神聖的氣象。我也最欣賞這兩大建築物遙遙相對中，那綠茵如畫的草坪，那澄清似鏡，倒影婆娑的池沼，那枝葉扶疏，臨風搖曳的樹木。

沿着波度瑪克河，緩緩開車十多分鐘，便到了哲福遜紀念廳。這位總統的銅像比林肯的還高大，可是沒有那麼端莊肅穆。他的面貌似乎還帶一點瀟灑的笑容。這一帶，每年櫻花開放的時候，花光樹影，彩色繽紛，好像一羣艷麗動人的少女，在那兒爭奇鬭妍，顧盼生姿。我以前來過好幾趟，每趟總是流連忘返，愛不忍釋；有時看了花開，還要隔幾天再來看花謝，等到河的兩岸灑遍了落下來的櫻瓣，又覺得有點黯然神傷。

一位長住美京的朋友，引我們去看阿靈頓的無名英雄墓，只見墓的四週擠滿了男女遊客，喧鬧活潑的小學生佔大多數。大家都在注視幾個和機器人一樣呆板的警衞換班，好像並沒有人對那長眠地下的英雄表示甚麼敬意。我們又順便走到附近甘迺迪總統的墓地，對着那一坏黃土和那不滅的火光憑弔了一番。

這位丰姿英俊，青年有爲的總統，聽說被刺前不久，曾到此小山遊覽。他遠眺着華盛頓紀念碑和林肯紀念廳，他喟然說：「這風景太好了！我很願意將來能夠住在這半山上。」無論這是不是讖語，他的孀婦後來畢竟把他安葬在這裏。中國的堪輿先生如來此地，也可能會說「風水不錯」！

在白宮，我們只能看到它的一小部份。我們參觀的人，排着隊，走馬看花式的，穿過名叫紅室藍室一類的廳室。那些，都是總統接待賓客的處所。每個房間的裝璜很美麗，所陳列的傢具和四壁的顏色也很調和，到處懸掛着歷任總統夫婦的油畫肖像。詹森總統的住宅和辦公廳，當然是不對外開放的。我想這一點，大家都應該諒解。任何平民可以隨時自由自在的跑進白宮，東張西望，高談濶論；這也足夠民主作風了。

和白宮相距不遠的國會，建築更爲堂皇，氣象更爲雄偉。人民進了這裏，就如上了一堂民主政治的功課；所見、所聞、所體念、都是很現實而不空洞的理論。我在倫敦遊英國國會，便有這樣的感想。但是，英國人保留着象徵式的王室，有時還散播一點濃厚的封建氣氛，使人常常發生「肉麻」的反感。只有在美國，那一切，無論是就理想或實際而言，眞是澈頭澈尾的民主政治。

我走到國會的大門，忽然想起幾年前聽過的一個故事。一個從內地來的農民看見那麼巍峩那麼漂亮的國會，逡巡不敢進去。最後，他鼓起勇氣，輕輕問那站崗的警察：「我可不可以走進去？」那警察大笑一聲回答說：「蠢東西！你難道不曉得這是屬於你的嗎？」這是美國式的幽默，也說明了美國人的民主意識。

凡來遊覽美京的人，上面所說的那些地方，一個也不應該錯過。時間如果充分的話，郊外華盛頓的故居，更值得花費半天時光去走一趟。在那裏，你不但可以看見這位建國英雄當年起居飲食的遺跡；你還可以對兩百年前一般老百姓如何生活，得一簡明而有趣味的輪廓。

美京的國會圖書館，幾個收藏豐富的博物院，幾座值得一看的政府辦公樓房，若干有名的大學和禮拜堂，一個外表東方形式而內部設備新穎的杜勒斯飛機場，我們如肯多費兩三天的時光，都可以按圖索驥，一覽無遺；我們還能進一步的了解美國人和美國的立國精神。

講到美國的立國精神，我們遊這莊嚴燦爛的美京，就時時感覺到三個偉大人物的英靈和人格的感召。那便是華盛頓、哲福遜、和林肯。他們功勳彪炳，史有定評，毋庸我們贅述。我現在要特別提出的，乃是他們高瞻遠矚，敢為一個崇高的理想而不斷的追求；復能公忠體國，犧牲奮鬪，從來不作自身安危榮辱的打算。今日美國達成這樣富強康樂的地步，我不能不歸功於這三位不世出的奇才。

情人季節話情書

每年二月十四日，是西方人所謂范倫泰節 St. Valentine's Day。那一天本來是紀念公曆二百七十年一位羅馬的殉道高僧范倫泰的；不知道後來怎樣一演變，而成爲青年男女寫情書，贈禮物的情人節。

當這情人節快要來臨的時候，我想起過去所看見的若干西方男女的情書，不是如火如荼的熱烈，便同海誓山盟一樣的繾綣纏緜。而且，寫那些情書的人，並不限於騷人墨客，或屬音樂戲劇一類的人物。有的是道貌岸然的士紳。有的是叱咤風雲的英豪。有的是篤信宗教的善男信女。

這種至情流露的書牘，在中國文學上似乎不很多。卽令偶然發現了幾篇，衞道之士以爲不能登大雅之堂，也就湮沒而不流傳了。當然，我們的唐詩、宋詞和近幾百年的小說，也有不少談情說愛的東西。可是，大多數行文造句，都很含蓄，很隱晦，或寄情花草，或漫談風月；想要找一篇熱情奔放，可歌可泣的情書，實在不是一件容易的事。

就是在西方，每每最美麗，最動人的情書，多爲小說家的虛構。它只可算爲藝術的創作。正和一首詩、一幅畫、一支交響曲一樣，都是爲歌頌女人的愛而製造出來的幻想。我現在不要這一類的藝術品，而要選譯幾篇眞實、誠摯、可驚可喜、有血有淚的情書。我們從這些情書裏，可以看出那些寫情書的是什麼人，以及他們發自心坎的愛，再由愛而產生的恨或忌，希望和絕望。

＊休曼的「我倆的靈魂合一」

「我明天十一時演奏蕭邦變奏曲的慢調。同時，我要把我全部思想凝注在你的身上。我也希望你也把你全部思想凝注在我的身上。然後我倆便可精通神會，我倆的靈魂便可合而爲一。你一定要答應我。如果你不是這樣做，那麼明天十二時會有一根琴絃突然折斷；那就是我自己。我現在披肝瀝膽的說這些話。」

休曼 Robert Schumann 是德國十九世紀的大音樂家。他作過無數的鋼琴歌曲。這封信是他於一八三七年寫給他音樂教師的女兒的。她的父親不許她和休曼來往。他後來畢竟和她私奔。他們的結婚生活很圓滿。這信雖不能稱爲情書中的傑作，但能說出青年時代的休曼，那一種簡單、純潔、一往情深的心緒。

＊囂俄的「天使的愛」

「我的頭腦完全昏亂了！我倆昨夕的幽會，我倆的無盡纏緜，我親愛的艾德爾的溫柔辭句，使我陷入甜蜜而又憂愁的沉思幻想之中。我要把這些模糊的感覺寫在紙上。我要你知道當我和你分別的時候，我的情緒是怎樣的。卽令過去的回憶，不能呈現我們的將來；你的影像也會帶給我無窮的歡樂。

「我握着你留下來的一束秀髮。我憂慮、我惶惑、已經三天了。我需要一些從你身上來的東西。我需要一點你曾讓我深信的天使的愛，而又可以摸觸的象徵。我在吻你的秀髮。當我把嘴唇放在那秀髮上，你好像就在我的面前。我倆靈魂之間，好像透過那可愛的秀髮，建立了一種神秘的聯絡。

「艾德爾啊！請你不要因我這樣狂熱而發笑。我的親愛的，我的生命只有那樣短的一刹那在你身邊度過，這是如何使人發愁的。我對你這種強烈的想慕，已經快要把我吞噬了。我只有狂吻你的秀髮，只有重讀你的書信，才能勉強抑制我的想慕。當着我倆長期分別的時候，我唯有用這樣不自然的方法，和那存在我心目中的永恒希望，才可以讓我繼續活下去。」

這是法國不世出的大文豪嚣俄 Victor Hugo，在他少年時期寫給愛人艾德爾的。此信寫後七個月，他們便很圓滿的結婚了。他們婚後的生活，也和他這封信的文藻一樣的美麗動人。

＊丹隆卓的「你的低微的聲音」

「我一醒來，就知道我的血液裏充滿了新鮮的迷惑的東西，我聞得風信子那種使人不可抗拒的香味。我覺得頭很痛。難道風信子太靠近我的枕頭嗎？也許是這漫漫的長夜，還沒有吹散我的陶醉？我不知道。

「你的面孔，今早是在我靈魂的中間。事實上，它早就在那裏。在我倆初次晤面的那一剎那，它便在那裏。世界上沒有一樣東西是比你更甜蜜的。

「昨晚，當我跪下來做禱告的時候，你的低微的聲音，就在我的耳邊細鳴，正和黑夜裏的潺潺泉水一樣。好多天的晚上，我或在蘭德斯的小河獨浴，或在河的兩岸奔馳，或在發亮的沙灘上散步，我都聽見你那同樣低微的聲音。

「我發狂似地想再見你，想把你抱在懷裏，相對無言。你的恬靜，不是在你的喉嚨上，而是在你的眼睫下。你的那副沉默、憂鬱、脈脈含情的眼睛！」

這篇充滿熱情而又富有詩意的情書，就是文武全才的義大利詩人丹隆卓 Gabniel D' Annunzio 所寫的。他曾於一九一九年爲祖國率軍佔領愛琴海港飛孟 Fiume（那時屬匈牙利，二次大戰後，義大利割讓給南斯拉夫）。他也在同一時期內，征服了一位不知名的美人M夫人。

＊柯尼斯馬克的「如果你不要我了！」

「我跪下來，兩眼含滿了淚珠，向上蒼禱告。我說：如果你眞的不再愛我了，我便可以死。我接到你來信時的歡樂，我不能告訴你。我把它吻了又吻。我因我曾懷疑你善變而怨恨自己。我願跪在你的腳下，求你饒恕。我答應以後永遠不再相信這些事。

「我現在正等候你的命令。你如果讓我請假，我便立刻飛到你面前。如果你不要我了，我就乘第一部郵車回軍營。因為我不能把我獻給任何其他的人。我希望有一天，命運會對我有利；它不再殘酷的困擾我，迫害我。可是，萬一有不幸的事發生，我會很愉快的面對它。只要我所嚮往的你的那顆心，永恒對我不變。我的快樂和幸運，都在那兒。我的願望，也包裹在那兒。請你相信我對你的忠誠。我因為要你確知我如何的愛慕你，崇拜你，我用我的血簽署這封信。」

這封瀰漫著熱愛和痴戀的情書，包含一個哀感頑艷的故事。寫這情書的瑞典公爵柯尼斯馬克 Count Koenigsmark 一六八八年來到漢阿華王朝，本來是想和一位卜拿登公爵夫人重修舊好的。想不到他一遇見未來英王喬治第一的妻子莎菲亞郡主，他便被她的美貌和熱情迷惑了。他就不顧一切的和莎菲亞熱戀起來。他說他的情書是用血簽署的。事實上，他們的悲慘的結局，也是用血寫成的。他和莎菲亞私約雙雙逃亡的前夕，竟被卜拿登公爵夫人嗾使王宮衞隊把他擊斃。莎菲亞的妒忌多疑的丈夫，把她禁閉在一個要塞中三十二年，永遠沒有再見天日。

克林威爾的「我可以責罵你！」

「我沒有功夫多寫信。可是，我可以責罵你。因為你在你的信上，說我不想念你和你的兒女。如果我不這樣熱烈的愛你，我也不會發生這樣的誤會。老實告訴你：對於我，沒有任何人比你更親暱；這總夠了吧！」

克林威爾 Oliver Cromwell 是軍人，是政客，是清教徒。他於一六四四年率國會軍戰敗了英王查理士第一，而把他處死刑。那是英國歷史上一件大事。這位十七世紀的風雲人物，居然也會對女人寫情書，雖然他那硬繃繃的筆調，還反映一點英雄的本色。我又想起同一典型人物的拿破崙。拿翁是被人稱爲古今軍人中寫情書的聖手。他的許多情書、聽說在我國早已有譯本了。可是，我並不欣賞他的作風。舉例來說：他給約瑟芬的一封情書，曾說：「你不一定要愛我——我的命運可以使你快樂一輩子」。他那得意忘形的口吻，何常有一點溫存體貼的氣味！

＊納爾遜的「你和法國艦隊」

「除了你和法國艦隊，我沒有別的思想。我的一切思想、計劃、和工作，都對着這兩個目標。我如能抓住任何一個，我必抓得緊緊的，不讓魔鬼分開我們。

「請你不要笑我把你和法國艦隊擺在一道。你們是眞的不能分開的。我要把你們都安排在適當的地方——法國艦隊在海上。你在那可愛的默爾頓；我願意在那兒找到一個樂園。」

那位擊敗拿破崙海軍的英國海上英雄納爾遜 Admiral Horatio Nelson，就在那次英法鬬爭很激烈的階段，寫了這封有熱情，有風趣的情書，送給他念念不忘的情人漢米爾登夫人。歷史上恐怕沒有第二個女人，被情侶比作敵國的海軍；只有納爾遜認爲情人和敵人，都是要用全力去征服的。

*婀絲本的「我不敢如此希望」

「親愛的！你想我倆會永遠這樣快樂嗎？啊！我不敢如此希望。並不是由於愛的缺乏，我才有此恐懼。不是！眞的不是！我確信我現在比以前任何時期都愛你。正因爲我知道這個世界只容許少量快樂的存在，而我倆相互熱愛所產生的快樂，又這樣偉大；我才有此廢然失望的思念。這樣的快樂，已經超過上蒼分給最好的人們的。我覺得我的享受有點不合理。我幾乎不敢想像我可以得到那樣的快樂，正如我不敢想像我會做王后一樣；如果做王后，是眞的值得一個人去追求的。」

這是一六五三年一位英國小姐婀絲本 Dorohy Osborne 寫給她未來丈夫唐白爾爵士的。她曾被當時人稱爲最會寫書信的女人。但是這信的特點，還在她能講出男女情人所常具有的「不可思議」的感覺，而且描寫的那麼入情入理，那麼深刻動人。

*霍森的「我遇見了一個天使」

「雖然我這樣親暱的愛你，雖然我這樣覺得我倆靈魂的深密結合，我仍然對你存有一種我對任何人都沒有的敬畏。這是很單純的，但是我不能表達出來。敬畏也許不是適當的名詞，因爲它似乎包含著嚴肅的意義。這要你自己去體會吧！我眞想把它的涵義寫成文字，爲的不是你的滿足，而是我的滿足。我深信你會了解。我的心情，正如遇見了一個天使自天下降，成爲我最親愛的朋友。只是天使不可能有這樣多的情感，和這樣柔和的人性。或者我遇見你，我眞的遇見了神靈。若在別的環境下，這樣的會合，早已會被塵世阻止了。

「這是神秘。我便把神秘留在這裏。有一天，這神秘會對我明朗起來。我想它已把我的愛變成宗教。那麼，這也就簡單了。這種敬愛（或其他的名詞），使我不得不感覺我正在保管你。你不反對嗎？不會的！我有權力引導你，正如我看護你一樣。我的愛給予我這樣的權力，你的愛就可以同意我有這樣的權力。」

許多人夫婦之間，也常互寫熱情洋溢的情書。這一封是美國著名小說家霍森 Nathaniel Howthorne 寫給他夫人的。他幼年的生活很不愉快。他遇見了璧巴德女士後，便對她說：「你已經把你的生命，重建了我的生命。」他和她結婚於一八四一年。結婚前後，他都用那生花的妙筆，寫出許多香艷華麗的情書。上面這一封是在婚後很多年才寫的。它不但仍然保持雙方熱戀的情緒，而且還有超越羅曼蒂克的氣氛。

*基斯的「愛就是我的宗教」

「我一定要寫幾行給你。我是這樣做，也許可以把你從我心裏放開一下。在我的心靈中，我已不能想別的事。以前，我有能力防阻你侵入我這剛剛開始而又前途無望的生命。但是，那個時間已經過去了。我的愛使我變得很自私；沒有你，我不能活下去。我忘記了一切，只知道要再見你。我的生命似乎停留在那裏；我不能看遠一點。你已經把我吸收了。我現在有一種自己正已完全溶化的感覺。

「有人為宗教而殉道；我以前聽了很驚愕，甚至為之戰慄。我現在不戰慄了。我也可以為我的宗教而殉道。愛就是我的宗教。我可以為愛死；我可以為你死。我的信仰就是愛；你便是愛的唯一信條。你已經使用一種我不可抵抗的力量，把我奪走了。我本來可以抵抗你，但一見了你，一切都完結。我初見你時，還想用理智去克服我的愛。我現在絕對做不到了。那種創痛會太深鉅的。我的愛是自私。沒有你，我簡直不能呼吸。」

這封情書眞是如火一樣的熾烈。這是英國大詩人基斯 John Keats 的手筆。他是在一八一九年寫的。那時他已深深的陷入無法自拔的情網。寫後不到兩年，他便不幸夭折，只有二十六歲。

＊馬里安娜的「你決不能找得更多的愛」

「那麼歡樂的回憶，怎會變的這麼殘酷？那似乎是不可能的。難道那些歡樂只能摧毀我的心靈嗎？這是如何使人悲戚的！你上次給我的信，把我帶入一個奇異的境界。我的心，痛的那樣厲害；它好像要從我這兒分裂，好像要跳出外面去尋找你。我被那種情緒打擊，喪失了知覺三小時。我既不能爲你保持我這生命；我就應該爲你斷送我這生命。我決不能讓我這樣繼續生活下去。

「不管我怎樣，我畢竟看見了光明。我那爲愛而死的思想，使我自慰自訣。我不再因你不在身邊而悲哀。無論如何，我決心愛你一輩子。我永遠不再看別人。我想你也可能不再愛別人。凡少於我對你這樣的熱戀，你還可以認爲滿足嗎？你或者能尋得更多的美（雖你曾稱我很美）。但你決不能尋得更多的愛。其他一切，都是等於零。

「我對你有這麼多的愛，而竟不能使你完全快樂；那怎麼是可能的？你失掉了因我對你熱愛而產生的無窮盡的歡樂，我眞替你感覺到莫大的遺憾。難道你眞的不需要那些歡樂了嗎？啊！你如果充分了解那些歡樂，你不但不會欺騙我，而且會找到更敏銳的愉快。你也會明白一個人強烈的去愛人，是比被人愛，還要快樂，還要動人。」

一六六〇年葡萄牙修女馬里安娜 Mariana Alcoforado，站在修道院的陽臺上，看見一大隊法軍入城。她的目光突然和一個法國軍官的目光相遇。他倆便是這樣發生了濃厚的愛情。那軍官立刻跑進修道院，接受了她的愛，贏得了她的心。可是，他一回法國以後就音訊杳然。她一連寫給他五封熱情如火，悲痛欲絕的情書。這便是最扣人心絃的一封。她沒有得到那位負心郎的回心轉意，也始終沒有和他再見面。

（一九六六年一月、紐約）

寶島遊踪

我一生無特殊嗜好，惟性喜遊歷；雖偶因旅行而暈船暈車，亦不以爲苦。近年噴射機通行，每飛必高達三萬呎，更覺平穩無憂，彌增樂趣。

過去，我總覺得遊歷而不照相，固爲美中不足；遊歷而不寫遊記，亦覺所見所聞，一無紀錄，良晨美景，轉眼卽忘，似乎很可惜。可是相照多了，遊記寫多了，有時未免庸人自擾，也可減少旅行的樂趣。我此次重遊寶島，不寫遊記，不照相，只就興之所至，遊踪之所及，信手寫一點東拉西扯的「憶筆」。

仁愛路上踱方步

我在臺北，下榻於一個住在仁愛路附近的親戚家裏。那新築成的仁愛路很淸潔，很可愛，不但汽車道和人行道都寬闊，而且馬路當中，還有種了樹木，設了噴泉的小公園。園內到處設有相當精緻的長橙，你可以在那裏靜坐、沉思、讀書報，看往來的行人和車輛，一點也不感覺市塵的喧囂。

臺北市民都起得很早。我清晨到那兒踱方步，便看見許多人在園中舞劍、打太極拳、或做柔軟體操；還有好多帶北方口音的老年人，提着鳥籠，一邊走，一邊聽鳥的歌唱。一種祥和氣氛，一片太平景色，使人暫時不想念大陸上受苦受難的同胞，也忘記了那殺聲震天的東南亞和中東。

我在仁愛路上顧名思義，唯有禱祝上蒼，賜福人類，使大家革除那些隨獸性以俱來的殘暴，培植一點民胞物與，悲天憫人的仁愛。

滿街都是好學生

臺灣人口多，車輛多，新蓋的高樓大厦也多。可是，我每次到臺灣，總覺得世界上好像沒有一個地方有臺灣那麼多的學生。我每天在晨光熹微中，散步街頭，只見人行道上往來行走的是學生，公共汽車塞得滿滿的也是學生。有的三五成羣，有說有笑，邊走邊看書。有的口中唸唸有詞，好像在唱流行歌曲、又好像是背誦當日要考試的功課。

我看了那許多天眞活潑，跳跳蹦蹦的下一代，眞是充滿了喜悅和興奮。我不知不覺的對自己說：「我們年老的這一代，把世界弄得這麼糟，把國家也搞得不成樣子，實在對不起下一代。我虔誠的希望下一代，比我們爭氣，比我們有出息；深信他們不會辜負我們的期望。」

橫衝直撞的汽車

以前，我以爲東京和羅馬是汽車橫行，無法無天的世界。可是，我一到臺灣，便覺得開車人的橫衝直撞，行路人的膽顫心驚，交通警察的無精打彩，社會人士的漠不關心，應該可得「天下第一」的金牌。事實上，我聽說臺灣每年車禍死亡的百分比（以車數和哩數爲標準），的確是全世界的第一。一般人稱開車出事爲「意外」。我認爲在那麼紊亂的狀況下，開車而不出事，才眞正是「意外」。

我開過多年汽車，也稍知西方城市的交通規則。我在臺灣一出門，無論走路或乘計程車，總覺得一切現代國家的交通規則，都在這裏完全被人破壞了。臺灣旣爲亞洲最進步的國家，一定有和其他現代國家一樣的交通規則。我看這個問題的癥結，不在交通規則的有無，而在它是不是嚴厲而認眞的執行。這個責任應該由交通警察、社會輿論和民意機關共同擔負。

超塵拔俗的園林

在臺北，我只看見滿街都是行人和車輛，到處都充滿了污染的空氣和震耳欲聾的聲音。那許多富麗堂皇的摩天大樓，那許多越開越寬大的柏油馬路，無處不象徵寶島的繁榮，和一個現代都市的成長。可是，這些似乎值得炫耀的現象，實在不能算爲臺北的特點。我覺得臺北最可愛的，還是美麗而幽靜的陽明山，不要說臺北市內找不出一個同樣可愛的園林，就是臺中的梨山，高雄的澄清湖，屏東的墾丁公園，也不能和陽明山媲美。

日月潭自然是一個很動人的地方。可是，那裏只有湖光而沒有山色，只有一點鄉村的風味，而沒有可以流連忘返的美影。陽明山山雖不高而甚秀，林雖不大而甚雅。這裏一個小壑，可以聽流水的潺潺。那裏一條幽徑，可以悠閒的散步，看風景，也可以欣賞鳥語花香的樂趣。我在那兒沉思宇宙的神奇，靜察大自然的奧妙，一切人世間的煩惱，好像霎然間一掃無餘。

有人說：陽明山的政治氣氛太濃厚。也有人說：若無這氣氛，便不會佈置得那麼整潔，那麼清雅。我這個漫遊四海的人，儘管也一樣的不喜看「遊人止步」「不准照相」那一類的招告，但是我不去看它，也不去想它。我的眼中和心中，只有一座超塵拔俗的陽明山。

情文並茂的集句

我的老友許紹棣兄，詩文造詣甚高，近年尤喜集古人詩句，信手拈來，俱成佳構。無論杜甫、李白、蘇東坡、陸放翁，一經紹棣選用，不但情文並茂，妙語天生；而且每一首，都是那麼親切，那麼自然，好像他從自己心坎裏寫出來的。我剛到臺北，他就集東坡句送我一絕：「未成報國慚書劍，從宦無功漫去鄉，材大古來無適用，感時懷舊一悲涼。」我在臺北出版「國際問題論叢」一書，他又集人境廬句贈我一詩：「廿年蹤跡半天下，滄海歸來伏著書，碧海掣鯨公手筆，數君才調有誰如。」我不吟詠而喜讀好詩，對紹棣贈言，尤有出自衷心的知遇之感。

發明家才高氣短

一位在臺中開業的李紹唐醫師，平日對行醫並無興趣，而對發明有特殊天才。他從小就喜歡機械一類的東西，但他偏偏要去唸醫科。他做了醫生以後，旣不專心爲人家治病，又不善經營他自己的業務。他到處碰壁，一生潦倒，雖曾發明了十項有關航空和鐘錶設計的東西，但除獲得六個國家的專利權外，却不能換取一點實際的利益。他最後竟因經濟困難而又思子心切，乃以去年聖誕節兒子自美國寄來的領帶，結束了他那一輩子懷才不遇的生命。

這眞是一幕令人痛心的悲劇。有人懷疑李醫師神經「不正常」，才會這樣莫名其妙的自殺。事實上，西方許多有名的發明家，都有或多或少的「不正常」心理，否則我們這個世界，便不會享受那些發明家巧奪天功的成果。如李醫師生在美國，說不定他是一個愛廸生第二，不但功成名就，還可得到天下後世的膜拜。他不幸受時間和空間的限制，竟至鬱鬱不得志而自殺。這是時代的悲哀，也是國家的損失。

「中電」影場看新片

我承老友胡健中兄的邀請，到了中央電影公司的外雙溪攝影場看拍電影。這是一個難得的經驗。我那天所看見的，好像是一幕武俠片的場面。可惜拍攝已近尾聲，沒有多少實際的表演，我只領略了攝影場內外一點戲劇化的氣氛，又和柯俊雄、張美瑤、甄珍那幾位有名氣的明星握過手，談過話。

我們的慇懃的主人，在以盛宴款待賓客以前，又讓我們看了一場甄珍主演的「落鷹峽」新片。想不到，影片中那位矯健活潑、能打、能跳、能舞劍的「英雄」，今天和我們見面，卻是溫文爾雅，天眞美麗的「閨秀」。她和她左右不離的母親，往返周旋於男女賓客之間，和藹謙遜，沒有一點明星的驕氣。大家對她都有極良好的印象。

她所主演的影片，我看過好幾部。她口齒清晰、表情細膩、演劇技能又優越，這些都是在中國電影界不可多得的。她這次在臺北舉行的第十七屆亞洲影展，登上亞洲影后的寶座，不但爲影迷所歡迎，就是一般輿論也一致認爲十分恰當。

神通廣大的紅包

以前，在大陸，只有小孩子過年有紅包、紅包裏的錢，也只夠小孩子買糖吃。現在在臺灣，紅包的用途擴大，它的意義也改變。而且授受紅包的，都是社會上負有相當責任的成人。客氣一點說，送紅包就是叫人家講人情而不講法律；說穿了，那便是賄賂和貪汚的另一名稱。一般人把紅包當作笑話講，事實上，這是很嚴重的社會病態。許多人都認爲大官僚舞弊營私，可以促致國家的危亡，而次要人員做一點不名譽的事，好像是無關宏旨的。可是，我們只要想一想；如果治安人員要紅包，我們還會有法律的尊嚴嗎？如果辦教育的要紅包，我們還能希望他們為國家「百年樹人」嗎？如果醫生要紅包，病人的生命還能得到醫藥的保障嗎？

牙醫考試發現了弊端，考選部長引咎辭職；這是對的。汽車駕駛員考試發生了弊端，監理所的官員受處分；這也是對的。但是，那些騙到了執照的「牙醫」和「駕駛員」，居然敢替人家治牙病或開汽車，眞可謂膽大妄為已到極點了。

養魚養花和養鳥

屏東一位退休的老友和夫人，以養甲魚及鰻魚為消遣，幾年之內，發展為年獲臺幣一千多萬利潤的家庭事業。人家羨慕他們生財有道。我却認為他們知道怎樣安排自給自足的生活，復替國家爭取了不少外滙。我在臺北又參觀了一家培養蘭花的園圃。主人很有企業精神和科學頭腦，準備把臺產名花推銷到日本和美國。臺北還有好多養鳥人家，大規模的把金絲雀和其他能歌唱或外表特別美麗的鳥類推銷海外，已在美國打開很好的市場。這些都是極有意義的事業，也是不被一般人所注意的國際貿易。

（一九七一、八、卅、紐約）

印遊憶話

最近喜馬拉雅山的狂風暴雨，雖然沒有釀成大規模的國際戰爭，但已引起全世界對於這個地區的深切興趣。現在，中共和印度，尚在勾心鬭角，互變戲法的過程中，將來局勢如何演變，誰都不能作肯定的預測。

兩年前，我遊印度、巴基斯坦、和東南亞各國，曾在日記上寫了不少的個人觀感；大部份沒有在報紙上發表過。我把這些東鱗西爪的寫作，再讀一遍，頗覺當時我那些偏於悲觀的觀察和批評，大體不幸而言中。

我不自詡「先見之明」，不過以「旁觀者清」的遊歷者，好像比這些國家的臺上人，看得更清楚一點，更客觀一點；有時候，還能在這紛亂如麻的世局中，找出來龍去脈，分辨治亂興衰的道理。

這些積壓一兩年的稿件，我只予文字的整理，沒有改動原來的意思。自然，有的地方，已和這個變化多端的時局不太適合了。我的目的，就是要不加修飾，而能保全我在當時當地的反應和感想。

許多讀者大概是不會和我的意見完全一致的。由於近年印度對於自由中國不友好，大部份中國人似乎懷有一點成見，不但不喜歡印度，而且厭惡尼赫魯的爲人。可是，我在本文裏，就曾同情印度的遭遇和掙扎。我對於尼赫魯，還讚揚他的卓越的辯才、靈活的手腕、和控制印度的能力。

因爲，我想民主政治的一個重要原則，便是容納各種不同的意見，更不可太重視自己的主觀意見。遊記本來是小品文字。寫的和讀的，都有一點消遣的心情。「印遊憶話」就是屬於這個範圍。卽令它的內容有時涉及有辯論性的題材，作者也不過是發抒一個人的平凡見解而已。

印度——釋迦牟尼的誕生地——這十多年來，西方人把它當作民主政治在亞洲的試驗場所，我們却認它是不大好做朋友的鄰邦。

我一向想遊印度；因爲我要遊覽它的名勝古蹟，也想用一個遊客的眼光，去看尼赫魯如何治理這個擁有四萬萬人口的亞洲第二大國。我還想知道它是否還保留了聖哲甘地的流風遺韻。

這次，我飛到了印度，並且觀光了首都新德里，和世界最美麗的墳墓妲姬瑪哈，以及兩者之間的若干城市和鄉村。時間雖然很短促，所看見的也不過一點皮毛，可是，我對於印度的一般狀況，已經得了一個輪廓。

如果貧窮、疾病、愚昧，是亞洲的共同敵人，那麼，印度就可算是那三大敵人的大本營。你用不着看新聞記者的報導，或聽社會學家的分析，你一入印度，便到處遇見澈底的貧窮，普遍的疾病，十分明顯的愚昧。

當然，這許多現象，在中東各國也是差不多的。我更不諱言中國仍然免不掉那三大敵人的侵擾。然而我走遍天下，還找不出另外一個地區，可以讓那三大敵人，如在印度那樣的猖獗，那樣的不加控制。一般人民似乎認爲這一切都是無法補救的。

我以前在中國也看過不少貧窮的現象。但是我們有「人窮志不窮」的傳統。許多人窮了，還要表現一點骨氣或自尊心。我到印度，並不因爲乞丐遍地而驚異。我所驚異的，是他們無比的骯髒，是他們可以跪著向你討錢，也可以突然滾過來向你討錢。智識份子儘管高呼打倒帝國主義，可是乞丐一見了西方遊客，就同發現了珠寶一樣，大家一窩蜂擁上去，亂嚷亂叫。我實在看不慣那種可怕的樣子。

無論到那一個城市或鄉村，我所看見的人民，大多數鳩形鵠面，骨瘦如柴，好像幾天沒有吃過東西一樣。我最初以爲他們是乞丐。後來，我才知道他們便是當地的普通老百姓。他們既找不着充饑的食物，也尋不到適當的工作。這一種極端嚴重的問題，如果印度不能自求解決的辦法，我就不敢對所謂「民主政治的試驗」抱樂觀。

一個有點知識的印度青年對我說：「你一定看不慣印度的貧窮。是的，貧窮是我們所面對着的大問題。誰能解決它，誰就解決了印度。因爲，印度的另一名稱，便是貧窮。」

又一個鄉下老人告訴我：「以前，我們這個四百人的村莊，每三五年就有一次霍亂，每次至少有四五十人喪生。現在，小孩子都種牛痘、天花早已絕跡。霍亂也不常發現。」事實上，我仍然好幾次聽見印度發生霍亂的報導。

印度獨立以後，政府推行新的衞生行政，表現了顯著的成績。小孩的死亡率減少了，成年的生命也延長了，老百姓生了病，都可以找得着醫治的人員和方法；雖然國家太大，人口太多，使人常有「杯水車薪」之感。

跟着衞生的改善，便是人口的大量增加。人口多了，自然衣、食、住、行、和工作機會的要求也多了。印度這幾年，有所謂第一個及第二個五年計劃，曾把國民每年收入的平均數，由五十美元加到七八十美元。但是，工作機會仍然稀少得可怕。糧食的生產，更不能照人口比例而迅速增加。所以，一般人的疾病縱然減少，他們的貧窮並沒有怎樣解除。

我在停留印度的短短幾天當中，受了好幾次的欺騙。但我絕對不願因此而苛責他們不誠實。我明白「衣食足而後知榮辱」的道理。我深切了解他們的問題，不是「足不足」，而是「有不有」。他們自身也許司空見慣，不以那種現象爲可怪。外來的遊客，只有對印度老百姓同情，也明白尼赫魯那班人所負職責的艱鉅。

印度的許多困難問題當中，貧窮自然是第一個大問題；再加上糧食的生產，永遠趕不上人口的增加，所以一般人民的生活，越來越艱難，生活標準也越來越低落。

它接受英國的傳統，一心想要走上民主的正軌，這是不容否認的事實。但是，它既不能控制人口，又無法擴大糧食生產。卽令民主的外貌做得很像樣子，恐怕也等於把經濟基礎建立在沙漠上一樣。

因此，人口的限制，實在是印度經濟改革的前提。任何方式的生育節制，只要適合人道和現代醫藥的原則，似乎都應該積極推行。然後主政的人，才可以從容建樹獨立進步的經濟，使糧食和人口獲得適當的配合，也使印度在二三十年後，可能不靠外援而達到自給自足的目的。

事實上，印度政府早已明白這個道理，而且正朝著這個方向埋頭苦幹。就以糧食而言，他們如果要大量增產，就要有物資、工具、健全的政治組織、進步的工業技能，還要把那五十萬村莊，三萬萬農民的生活方式，來一個澈底的改造。

這樣革命性的改造，單靠政府提倡還不夠，一定要羣眾積極參加，使它成爲一種社會運動。可是，大多數羣眾都在饑餓線上掙扎。他們那裏還有氣力去談改革，去推進社會運動？所以，這一切責任，又都落在政府當局的身上。

政府要做的事，實在太多。他們也的確做了不少。他們興修水利、改良種籽、製造肥料和殺蟲粉，又從外國運進許多農業機械。然而遠水不能救近火。這些比較長期的計劃，解除不了眼前的災難，也滿足不了民眾的期望。

我很佩服印度政府當局的努力，又十分明瞭他們職責的沈重。萬一糧食老是這樣缺乏，它的價格可能會變成一種惡性的膨脹。到了那時，人民熬不過饑餓，共產黨到處都有現成的宣傳材料，稍加煽動，卽可一發不可收拾。這是印度有心人都認爲最可憂懼的事。

我到新德里的第二天，一心只想遊姮姬瑪哈，因此，一大早趕到火車站，照着印度朋友的指導，買了一張頭等冷氣車的來回票。

那車站的規模很大，我走錯了月臺，跑上一個三等列車，只見車廂裏坐滿了衣不蔽體、鳩形鵠面的男女老少。他們都對着我搖頭說：「你不屬於我們這裏。」

我受不了那種氣味和骯髒的現象，也就立刻退出來，總算不到十分鐘，便找到了我的那個車廂。可是，一進車門，我又大吃一驚，因爲別的車廂都是人山人海，而我的車廂，只有我一個客人。

車行原野大約三小時。兩邊的樹木雖然很茂盛，但所經過的農村，幾乎都是破破爛爛，窮困不堪；農民更是消瘦得可憐，好像沒有一個吃飽的。

不一會，一個矮胖的查票員走進車廂。他一面看我的車票，一面從他的眼鏡角上斜望着我很久，忽然對我說：「你要照已付的票價再加一倍。」我反問他的理由。他說我付的只是頭等票，沒有包括冷氣費。他既然是鐵路上穿制服的正式職員，我自然不與爭辯，就照他所說的補付。

他收了款，便坐在我的旁邊，一路聊天。他說他一家九口，入不敷出。他又說：「我有這工作，還是比較幸運的。印度像我這樣受過高等教育的，不知多少人一離開學校就找不到工作。」

我問他現在是不是比英治時代要好一點。他長歎一聲的說：「我們當然要獨立，可是，獨立以後，一切今不如昔。以前，至少生活還安定，到處有工作可做。如今，物價高漲，生活越來越困難。說句老實話，我們很思念過去的日子」！

當晚，遊覽姐姬瑪哈以後，我仍然搭上同樣的頭等冷氣車。我的車廂裏多了一對從巴基斯坦來的美國夫婦。我們自我介紹以後，打開話匣子，談得很投機；三小時轉瞬間卽過，不知不覺的回到了新德里。

從他們的談話中，我發現了兩個有趣味的事實：一、巴基斯坦的老百姓，也有不少人因爲生活艱難，而懷念過去的英治。二、他們那天也同我一樣的買了頭等票，並沒有另加甚麼冷氣費；我顯然受了那位查票員的欺騙。

遊印度，有一樣事最方便。那就是，在那兒幾乎人人可以說英語、聽英語。連蓬首垢面的叫化子向我討錢，也能說出相當標準的英語。這當然是英國統治印度二百多年的結果。我曾說過，印度有許多人因爲生活困難，而懷念英治時代的日子。我想，英語的普遍應用，也是使人懷念英治的一個因素。

照常理推測，殖民地爭到獨立以後，似乎應該歡迎已獲得的自由，而厭惡過去的帝國主義。如今，印度還有人思念英治，那眞是對印度一個諷刺，也是對一切爭自由者的諷刺。英國人統治殖民地，也和其他帝國主義一樣，免不了掠奪與搾取，驕橫與享受。可是，他們同時還有一套比較開明的作風。他們把西方文化的思想和制度一道帶了去。

印度宣佈獨立的時候，並沒有一點自治的經驗，但是，十多年來，它的用人行政、和一般政治的基層組織，尤其是文官制度，都師承英國的傳統，一切做得相當有效率、有成績。

它的軍隊系統和教練方法，以及官員升遷的程序，也是一貫的由英國傳下來的。至於他們作戰能力怎麼樣，自然要待未來的事實去證明了。（最近它和中共武裝衝突，暴露了它的軍備的脆弱。）無論你對印度觀感如何，你不能否認他們的人民能夠選舉官吏，政黨能夠公平競爭，國會能夠自由辯論內政和外交。這一切民主政治的萌芽，都可以說是英國播種的。

我在新德里看見國會大廈，和尼赫魯辦公廳一大串的現代建築，覺得印度這樣窮，獨立時間這樣短，居然有如此宏偉的氣魄，蓋起這許多好樓房。我對我的汽車司機就是這樣讚揚了一頓。他是一位頭纏黃巾，身體健強的美髯青年。他立刻回答我說：「那些都是英治時代總督府所遺留下來的房屋。」他說話的神氣，當然很掃我的興，然而我很愛他的坦白誠實。

我這「印遊憶語」隨筆，除涉及喜馬拉雅山風暴的篇首幾節外，都是兩年前的舊稿。自半年前中共和印度發生武裝衝突以後，不但印度在實力上和聲威上蒙受了若干損失，就是國際間的微妙關係，也經過了不大不小的變遷。

當去多軍事日趨緊急的時期，印度的確大大的被震撼了一下。可是，前線的「停火」一實現，它似乎又逐漸的回復到衝突以前的狀況。它固然接受了美英的軍援和經援。蘇聯也願意繼續供給噴射機。尼赫魯一面停止反西方的宣傳，一面復強調中立主義的立場不變更；儘管美英一再表示以全力支持印度，甚至還派人去供獻空防和軍事訓練的意見。

這個不宣而戰的戰爭，究竟對於印度的政治經濟和民心士氣，發生了甚麼影響呢？我想尼赫魯最近一句話，可以當作一個回答。他說：「我們現在才曉得印度一向是生活在自己幻想所造成的夢境裏。」是的，他的話一點也不錯。他正是一手造成這個夢境的設計人。民眾不過是跟著他走而已。

說到印度的民眾，他們這一次自然受了極大的刺激，也表現了踴躍從軍和毀家紓難的精神。當地華僑還受了不明不白的磨折。這些都是一個國家和敵人作戰時的普通現象。從好的方面講，這次事變既喚醒了他們的迷夢，也加強了他們的政治團結。

若就經濟觀點而談：印度不對外作戰，已經是民窮財盡了；現在再加上這樣嚴重的打擊，當然要充實軍備，加強軍事訓練和組織，也就無可避免的要把一切已進行的和在計劃中的經濟建設，停頓或拖延下去。這是無法彌補的大損失，它和西方靠近了一步；但是它和巴基斯坦，仍然無法取得對於喀什米問題的妥協方案。相反的，巴國看見西方這樣援助印度，居然和中共劃疆界、定條約，去威脅印度，去要挾西方。同時，印度多年來以中立和不結盟爲號召。這次作戰一失敗，所有不結盟的國家，並沒有給予印度任何幫助。這也是使它最傷心的。

萬一戰事再度發生，印度防衞的力量，是不是比去年有了若干進步，這還是未可知之數。如果對外的軍事失利，引起內部的更多紛擾，那麼，不但印度本身的安全堪虞，就是所謂亞洲的民主試驗，也可能要一敗塗地，恐怕整個自由世界都會受到不可思議的影響。

（一九六三、九、紐約）

漫遊記趣

趙君豪先生逝世前二年，爲我寫「漫遊散記」的序言，曾謂我「每年必出遊，足跡及於歐、美、亞、非各地，且喜歡一遊再遊，每遊必有文字記述」；又說我「寫的遊記所涉至廣，不限於那一個角度」。我近年出遊的次數，沒有以前那麼多；也不和以前一樣的常常寫遊記。可是，若干年來，我到處漫遊，到處都發現有趣的人和有趣的事，現在東一點，西一滴，記載下來，未始不可以當作茶餘酒後的談資。

梵諦岡的新煩惱

凡遊羅馬的人，必到梵諦岡去看那巍峩雄壯的聖彼得教堂，去瞻仰那莊嚴神聖的羅馬教廷。我曾在羅馬一遊再遊，也到梵諦岡一看再看。我在那裏聽過教宗的講道和祝福，也在那裏不知欣賞了多少價值連城的彫刻和油畫。

我從梵諦岡所得的印象，一切好像都是象徵神聖、和諧、安詳與高雅。可是，這幾年，梵諦岡自身也有了一點新煩惱。那些煩惱既不是受了政治的牽扯，亦非由於左右理論的爭執；而是因爲遊客的種類太複雜，遊客的服裝太奇怪。道貌岸然的神職人員，和披頭散髮的嬉皮人物，早已是一個不太調和的強烈對照。而成千成萬的妖艷女郎，擠眉弄眼，顧盼生姿，更沒有人可以禁止她們到禮壇前去參神拜聖。

梵諦岡的衞道之士，在無可奈何之中，想出一個辦法。那就是旁的看不順眼的事雖可裝作沒有看見，但是婦女的熱褲和迷你裙，却不能不有一定的尺寸。凡離膝太高，暴露太多，誘惑性太顯著的，不但對神欠尊敬，而且對人也太有吸引力，應該一概不准進入聖堂。他們於是指定幾個虔誠聖潔的修女，站在大門的前面，一邊量裙褲的長短，一邊決定「誰可入誰不可入」。這一個規章施行不到幾天，那幾位盡忠職守的修女，整天看婦女們的奇裝異服，五光十色，眼花撩亂，因而神經過度緊張，最後一個一個竟頭昏目眩的病倒了。

雅典小販的諷刺

希臘是西方文化的搖籃。我們今天遊雅典，還可以看見二三千年前的名勝古跡。遊客們，一邊憑弔，一邊讚歎，自然也要買一點紀念品，帶回家去炫耀一下這個不可多得的經驗。

在那些紀念品中，小型石膏像最爲精巧玲瓏。尤其是袒胸露背、栩栩如生的裸體女神，乃爲遊客們爭相購買的對象。而眞正值得後人景仰的哲學家蘇格拉底和亞里士多德的一類，都很冷落的擺在一邊，沒有任何人問津。一個滿面笑容的小販對著我高呼：「先生！帶一個哲學家回去吧！一塊美金一個哲學家。這還不算便宜嗎？」

東方猶太的譏嘲

全世界華僑一千八百多萬，至少有百分之八十散居在東南亞各國。我無論是遊泰國、越南、菲律賓、馬來西亞或新嘉坡，到處都看見人數眾多的華僑社會，到處都感覺華僑經濟力量的雄厚。當地土人的智慧和能力，很顯然的不能和中國人相比。他們近年雖在政治上爭得了獨立和自主，但在經濟上始終競爭不過華僑。他們於是送華僑一個大家不喜歡聽的綽號，叫做「東方的猶太人」。

事實上，我並不覺得這是怎樣的侮辱。我們華僑宵旰辛勞，克勤克儉，和猶太人一比，可以說有過之無不及；我們的智慧和能力，也和猶太人差不了多少。這二十多年以色列國的奮鬪和成就，早已贏得了全世界的欽佩，我們在這一方面還應該向他們學習。

而且，華僑有中華文化做基礎，重信義、講仁愛，絕對不會和猶太人一樣的刻薄寡恩、唯利是圖。無論從那一方面講、華僑都比猶太人想得開，看得遠，而又能以忠恕之道待人。

義人有點像我們

我到過義大利四次，除了羅馬以外，我還遊過南北幾個大城市。我發現義大利人的面貌雖和我們不同，但是他們的生活習慣很有點像我們。他們喜歡大家庭制度，常常一家數十人，住在一個屋簷下。他們好朋友、講義氣、大吃大喝、能哭能笑。他們說起話來，無論是在私宅或公共場所，都是大喊大叫，聲震屋瓦。這些都是和其他西方人不大相同的。

有人說他們是受了馬可波羅傳播中華文物的影響。這種說法，也不是沒有道理。你只要看他們所吃的麵條 spaghetti、餛飩 ravioli、和類似大燒餅的「批扎」pizza，簡直和我們的差不多，便不能不想問那是不是馬可波羅從中國學來的。

英美烹飪最落後

英美人富於種族優越感，常常譏笑別國人落後。我們並不否認他們比許多國家進步，尤其是在科學技術方面。可是一講到我們日常生活所必不可少的烹飪，他們恐怕是屬於世界上比較落後的一類。

當然，他們燒的菜，一樣可以充饑，可以果腹，也很注重營養。但是，喫起來味道一點也沒有，不要說不能和中國菜相比，就是和法義等國也是望塵莫及。甚至一杯咖啡，也是淡而無味；一壺茶，也因加入糖和牛奶而變了質。

好在，我們一入英美國境，到處都找得到中國餐館，否則我們恐怕會要餓肚皮，也會更要想家鄉。同時，也正因爲他們不講究烹飪，我們的餐館才會在英美城市那麼發達，那麼財源茂盛。

日人缺乏幽默感

我們遊日本，到處都看見日本人的風俗習慣，參雜有濃厚的中國風光。他們不但面貌和我們差不多，而且從不諱言他們的文化是從中國去的。可是，他們有一點和中國人不大相同。那就是他們缺乏幽默感。

儘管日本戰後復興很迅速，日本人也因勤勞節儉，大多數得到豐衣足食的生活，但是你無論和他們接洽事務或交際應酬，很不易發現他們臉上有笑容。你就是看一看他們的照片，也幾乎個個都是扳下面孔，好像對人家生氣一樣。

我想日本民族性如能加進一點幽默感，大概戰前不會有軍閥那麼無法無天的橫行，戰後不會有左翼份子那麼違反人性的搗亂，更不會有天才橫溢的三島由紀夫，竟因迷信武士道，而作剖腹自戕的無謂犧牲。

談言微中的集句

我返臺省親訪友，邵毓麟伉儷邀宴於其私邸，同座有井塘、鐵生、百川、紹棣諸兄。我們賞玩山影和晚霞，復飽嚐不可多得的佳肴與美酒，酒酣耳熱，樂趣盎然。紹棣兄詩興勃發，卽席集蘇長公句分贈諸友：

答策不堪宜落此，冷官無事屋廬深，愛君東閣能延客，猶望携壺更一臨。（贈毓麟）

知君不向窮愁老，腹有詩書氣自華。多謝清詩屢推轂，空吟冰柱憶劉叉。（贈井塘）

策曾忤世人嫌汝，閱世如流事可傷，往日崎嶇還託否，他年相對話偏長。（贈鐵生）

烏府先生鐵作肝，文章還復富波瀾，老來尚有憂時歎，長共松杉鬬歲寒。（贈百川）

少年才氣冠當時，富貴功名老不思，祇恐掉頭難久住，南來萬里亦何爲。（贈景瑚）

倒垃圾仙樂飄飄

初到臺北，每天夕陽西下的時候，必聽見一陣美妙的音樂，沿著街頭巷角緩緩的飄過。我以爲那是鄰居開放留聲機唱片，或爲無線電臺廣播西洋歌曲。有一天，我開門想看一個「究竟」，才發現一部垃圾車，沿門慢慢開行，家家戶戶把一天堆集的垃圾向車上倒送，而那美妙的音樂，乃從垃圾車上播送出來。這是我在世界上任何地方都沒有看見過的。

骯髒齷齪的垃圾和悅耳清心的歌唱，本來是兩個不太調和的東西。可是，你如爲開垃圾車的工友和倒垃圾的家庭主婦，設身處地一想，便會覺得設計人匠心獨具，意義深長，很有樂天知命的詩人風趣。

多才多藝的「下女」

我們在大陸時，也僱用過女傭。但是，她們的才能和貢獻，實在不能和臺灣的「下女」媲美。我到臺灣小住過幾次，每次都覺得一個家庭最不可少的，就是一個多才多藝、樣樣事會做的「下女」。她不但替你燒飯、洗衣服、整理廳房，而且代你接電話、收信件、款待賓客。她們大多數是小學或初中畢業的學生，年富力強，身體康健。個個能說國語，能讀報紙，還可以幫助主婦照顧兒女。她們行動很敏捷，做事效率也很不錯。她們每日工作完畢，不是坐在家裏看電視，便是穿着很整潔的衣服，出外訪朋友，看電影。聽說有的還和單身男主人自由戀愛而成爲夫婦。

我走遍世界也不容易遇見這樣的好「下女」。可是，我最爲她們抱不平的，就是「下女」這兩個字未免使人失去自尊心。那顯然是日本人遺留下來的一種主僕階級的劃分，既不好聽，又不民主，實在早應廢除。我不懂臺灣光復已二十多年，爲甚麼大家還不換用一個比較得體的名稱，爲甚麼連她們自己也不覺得「下女」是對她們一種侮辱。

外江佬學廣東話

廣東朋友能說一口標準國語的很多。但是，廣東人每每喜歡自我嘲笑的說：「天不怕，地不怕，只怕廣東人說官話」。這也許是他們對「外江佬」一種很謙遜的客氣話。

事實上，「外江佬」學講廣東話，反常常引起不可思議的誤會。我在香港便聽見幾個令人噴飯的故事。據說那不是笑話，而是千眞萬實的事實。

一位上海先生住進了香港的旅館，房間一開好，便叫茶房去買當天的「報紙」。等一會，茶房端了一盤「包子」進來。他知道他的語言出了毛病，就對茶房說，他要的不是包子，是「新聞紙」。茶房便替那位先生叫了一客「三明治」(Sandwich)。

還有一位主婦叫她的女傭去買「猪肝」。女傭跑到菜場找了很久，才買得一根竹竿回來。這些故事都是在香港的廣東朋友，津津有味的說給我聽的。

編譯館和殯儀館

我在臺北有一天準備到國立編譯館去訪友，剛坐上計程車，就把我的目的地告訴司機。他一邊開動汽車，一邊以懷疑的口氣問我：「難道殯儀館也有國立的嗎，先生？」我知道他聽錯了，立刻糾正他的誤會。我既歎自己國語發音的不正確，也很佩服那位司機的心思細密和常識豐富。他問得眞合理而又富有幽默感。

做了「電視明星」

臺灣中國廣播公司的主持人梁寒操、黎世芬、吳道一諸兄，請我們到廣播大厦用餐，餐後又邀我們去看當晚電視節目「合家歡」的表演。在那短短的一小時當中，有歌唱、有舞蹈、有鋼琴獨奏，有古裝話劇，最後還有事先安排好的抽彩和給獎。許多花枝招展、年輕貌美的女演員，都跑過來同我們握手談天，和觀眾混在一起，打成一片。我們歡笑之餘，不知不覺的都被攝入了電視的鏡頭。第二天許多朋友對我說：「昨晚看見你做了電視明星了！」我那位好攝影的外孫袁正皓，當時還對着電視機，替我們照了幾張很清晰的照片。這眞是一生不容易忘記的一夜。

兩個將軍

何鍵和張治中是兩個完全不同典型的軍人。他們的個性不同、人格不同、作風不同；他們生前對國家的影響，死後所得到的批評也不同。現在我要把這兩人相提並論，似乎不調和，也好像有點聯繫不來。

可是他們在抗戰前後，同膺封疆重寄，復同為湖南省政府的前後任主席。湖南是我生於斯、長於斯的桑梓之邦。我又適於那時做了湖南省黨部的特派委員。我在民國二十五年至二十七年當中，代表中央到湖南，曾和那兩人前後商洽湖南黨務，及中央與湖南的種種關係，自然對他們發生過深刻的印象。現在事隔三十多年，回憶起來，彷彿還是昨天一樣。我也自信可以對他們作客觀的比較，和公平的「蓋棺論定」。

我那次到湖南去擔任後來稱為主任委員的所謂特派委員；名義上是和省政府主席等量齊觀，實際上並沒有甚麼特殊的權力。我還不得不勉為其難的負起一種相當重要的使命。那時，日寇佔領了我們的東北，而且把勢力逐漸擴張到華北。全國朝野上下都知道國難嚴重已經到了極點。

中央忍辱負重，雖已在各方面作積極抗戰的準備。但攘外必先安內，除狼子野心的共產黨無法使其放棄叛亂，參加抗戰外，對於所有和中央有歧見的其他黨派，無不苦心孤詣的尋求息事寧人的妥協途徑，總望達到舉國一致，外禦其侮的目的。

那時兩廣當局正因胡漢民事件而對中央有誤會，又因華北形勢日趨嚴重而指責中央沒有抗戰的決心。湖南逼近兩廣，如湖南當局被兩廣的宣傳所動搖，那麼，西南各省都會受到很大的影響；甚至中央對日抗戰的全盤計劃，都會有不可思議的改變。這不是替日寇和共產黨製造迫害中國的機會麼？

因此，中央要穩定西南各省，一定要先穩定湖南，尤其要爭取身負湖南軍政重責的何鍵，使他不但澈底了解中央的政策，而且完全站在中央這一邊，一方面制止兩廣的可能異動，一方面團結西南各省，同作中央抗日的後盾。我到湖南雖爲黨務上的特派委員，但也負了說服何鍵和聯繫各派系的責任。我是戰戰兢兢的唯恐不能達成中央這個使命的。

湖南就在這個時候，很不幸的正有所謂甲乙兩派的黨務糾紛。而那些糾紛的起因，並不是有甚麼人反對中央內政外交的政策，而是地方上的門戶之見及派別之爭，由黨務牽涉到政治，由湖南牽涉到中央。兩方面既然沒有若何顯明的政見可言，所以大家就稱他們爲甲派與乙派；又由於甲字像鑽、乙字像刀；所以，大家便叫他們爲鑽子與皮刀。

甲派對於何鍵在政治上及黨務上的一切措施都不滿意，有時當然是吹毛求疵，有時却有不可否認的事實做根據。他們一受何鍵壓迫，或發現他有任何錯誤，不是向中央申訴，就是對民眾宣揚。乙派是無條件的擁護何鍵的。其中不少人還是他的親信。他們以爲甲派接近中央，因而對中央有相當的反感。事實上，中央對各省的黨務都是尊重地方意見而不作左右袒的。我既代表中央，自然以中央的立場爲立場，力求避免自身捲入甲乙糾紛的漩渦。

可是我一到長沙，就知道兩派堅持成見，各走極端；我要做一個不偏不倚的仲裁者，實在不是一件容易的事。那時雙方爭得異常厲害、鬧得面紅耳赤的，先爲各縣黨部委員名額的分配，後爲國民大會湖南代表候選人的遴選和提名。尤其是國大代表的競爭，最爲激烈；省內各界仕紳，省外湘籍政要，如唐生智、程潛和賀耀祖一類的人物、差不多都加入了那一場莫名其妙的混戰。大家把我的權力估計得太高，以爲我可以作最後的決定，至少也可以對中央作有力的推介。

我在湖南的那兩年多，雖然空負特委名義而實一無拳無勇的人，但是，各方面不是把我當作聯絡和包圍的對象，就是視我爲責罵和攻訐的焦點。我當然平心靜氣的聽取各方面的意見，同時盡可能的尊重何鍵的主張，研究他所提出來的各項人選。最後我把我所蒐集的資料，加上我個人的結論，一併呈送中央核定。我有時爲要減少文電的延誤、或想暫時避開一下長沙那個是非場所，所以經常到南京向中央請示，或和當局面商應付湘局的策略。

當時，我年少氣盛，又不耐中國官場的虛僞作風，常常覺得講話不太爽朗的何鍵缺乏誠意；甲乙兩派的人士，又多重私見而不顧大體。有好幾次，我眞被他們鬧得頭昏腦脹，左右爲難。我雖舌敝唇焦，他們依然各不相下，睚眥必報。我既感言者諄諄，聽者藐藐；我向中央呈請辭職，又始終得不着批准。我只有拂袖離京，遨遊京湘道上，以待湖南空氣的澄清。

何鍵本人的態度很溫和；他對我很有禮貌，表面上也不以乙派幾個好走極端的人爲然。每次我和他商談任何問題，他總是現出虛懷若谷的樣子。有一次，他還派他的親信張開璉親到南京促我回湘。有人對我開玩笑的說：「何主席是打太極拳的好手。你那種打少林拳的作風，決不是他的敵手。」實際上，我對太極和少林都是外行，我只知道以「公正」和「誠懇」去和他週旋。

在那極端困難的環境中，我仍然得到很多人的幫助。甲派兩位元老、張炯和彭國鈞，便是很得中央信任，又和我還談得來的。他們當然堅持所謂甲派的立場，非把何鍵「打倒」不可；但也十分同情我的處境，復了解中央爭取何鍵，穩定湖南的苦心。被人稱爲乙派領袖之一的毛飛，本來是我的舊識。我那次到湖南，他和我相處得很融洽，也使何鍵更明瞭中央抗戰的決心和全國對湖南的重視。他不啻替我在中央與何鍵之間，搭起了一座相互諒解的橋樑。

在七七事變的前夕，中央總算達成了號召全國，合力抗日的目的。西南各省，包括湖南在內，堅強團結，外禦其侮，才奠定八年苦戰的基礎。舉足輕重的何鍵，能夠使他自身不爲地方黨爭所連累，並和中央步驟一致的，穩固了我們的大後方；這是他對抗戰一個很大的貢獻。

我現在回憶他的爲人，當然不能否認他的頭腦是相當陳舊的。他迷信鬼神，主張學生讀經，又好武俠小說所虛構的技擊故事。他手下有方士、有法師、有如柳森年一類的拳手。他開過國術館，還設過南北壯士比武的擂台。他深歎人心不古，世道淪亡，所以大聲疾呼，提倡四維八德。他不是演說家，平日說話都有一點木訥無味。但因地位和職務的關係，也到處講演或致「訓詞」。我有一天至長沙對岸的嶽麓山，訪問一位湖南大學的教授。我忽然看見一個標題「玄學、哲學和科學的關係」的講演招告。我當時覺得那位講演人的口氣大得很，大概是湖大請來的甚麼大學者。我的朋友對我說：「那正是我們的何主席」。

可是話說回來。他不但對抗戰有貢獻，而且對湖南一省的「保境安民」，尤其是「肅清共禍」，實有不可磨滅的功績。他在湘主政八九年，所犯的錯誤，不能說沒有，但也不太多。他的部屬也不常發現貪贓枉法的劣迹。他雖知道我所代表的中央立場和他不同，但我每次和他接洽公務，他總是溫文有禮、和藹可親，一點軍人的火氣也沒有。他不但像一個恂恂儒者，而且好讀詩書，還能寫一筆很端正的楷書。他又能用朱經農、何浩若、余籍傳和尹任先等幾位幹員爲廳長。他常常用那帶着醴陵口音的國語，和我大談太極拳、養生之道，和他扶乩的實際經驗。

七七事變爆發，日寇佔領華北，進攻華中，京滬淪陷，全國震動。我國爲作長期抗戰計，一面把首都由南京經武漢遷到重慶；一面把西南和西北各省的軍事和政治重新部署，以求我們大後方的穩定。湖南與湖北立刻變成首當其衝的重要地區。中央改組了那兩個省政府，以陳誠主鄂，以張治中主湘，又任何鍵爲內政部部長。

湖南的政局就是那樣急轉直下的，更換了一個新面目。何鍵毫無怨言的卸除了他在湖南所負的軍政重責。而且，他由地方調到中央去做冠冕堂皇的閣員，他的面子上也是很有光輝的。在舉國抗戰的號召之下，何去張來的那一轉變，並沒有在政治、黨務或人事上，發生任何不愉快的紛擾。全省軍民都很興奮的表現擁護中央，誓死抗日的愛國熱忱。

本來我已多次呈請辭職；這回何張遞嬗，更是我力求擺脫的最好機會。可是，中央恐怕在那省府改組，青黃不接的時候，湖南局面稍有不穩，就可妨礙抗戰的進行；所以叫我勉爲其難的繼續幹下去。我也覺得國家形勢嚴重，個人應在自己崗位上克盡職責，至少也應在新的省政府上了軌道以後，再去尋求對抗戰更有貢獻的工作。

湖南人民雖對何鍵有相當的好感、但都覺得在那抗戰局勢日趨嚴重的時候，何鍵似乎太軟弱一點。加以他不是所謂中央的嫡系，過去又和中央常有意見上的齟齬。凡愛國家而又識大禮的湘人，無不希望有一位爲中央所信任而復爲人民所歡迎的大員，去接替何鍵的職務，使湖南在那大時代中，能和中央打成一片，克盡抗日救國的天職。中央發表張治中爲主席以後，大家對他的名字很陌生，都想問他是甚麼樣的人。我在南京雖和他有一面之緣，但無深刻的認識，只知道他主持過中央軍校，參加過一二八的淞滬戰爭。他和陳誠二人，均爲中央倚畀正殷擢升最快的軍人中的「後起之秀」。

張治中就任主席以後，因爲他很會說話，又善應酬交際；一般人對他的期望十分殷切，以爲他既得中央信任，必可溝通地方和中央的意見，過去雙方若干誤會，定將一掃而空。張氏和我晤談多次，每次都顯出很懇切、很虛心的樣子。後來我和他接觸較繁，便發現他是一個言大而誇，做事不切實際的官僚；他的懇切和虛心，完全是僞裝的。他實在是比何鍵更難對付的一個政客式的軍人。

他發表了一大套徵兵徵糧和組訓民眾的方案。他要我和他合辦民眾幹部學校，造就各縣的基層人員。他又請了平民教育家晏陽初、想把他在河北定縣所試驗過的農村改革，全盤搬到湖南來實行。我不否認他很想做事，也很有抱負。他尤其是一切以蔣先生爲模範，甚至演說和走路的姿態，都惟妙惟肖的學蔣先生的樣子；可惜他鄉音難改，大家一聽他講話，就知道他是從安徽來的。

在七七事變後的第二年，國民黨在武漢舉行臨時全國代表大會，確定了抗戰建國的大政方針，並推舉蔣先生爲總裁、汪精衞爲副總裁。汪氏於大會閉幕後，帶了他的妻子陳璧君和一大批隨員來到長沙。湖南民眾都以爲他負有特殊的使命。事實上，他只作了一星期講演和遊覽的旅行，並沒有傳達甚麼中央的意旨。我和張治中既負地方黨政的職責，自然要對副總裁略盡地主之誼。

我介紹湖南新聞界及文教團體的領袖們和他見面。他那雄辯的口才，瀟洒的丰姿和謙恭的態度，給予湖南人一個極深刻的印象。我有一次在省黨部召開各界歡迎大會。他在一個半小時的講演中，稱頌湖南對於辛亥革命和北伐統一的貢獻，敍述他與湖南先烈的關係和他對「湖南精神」

的欽佩，最後發揮「抗戰必勝、建國必成」的道理，以及他和全國軍民堅定不移的信心。他的粲花妙舌，他的慷慨激昂，眞使在場的人，個個熱血沸騰，個個對日寇立下「滅此朝食」的意志。當時如果有人猜想汪氏會有一天背叛國家，去和日寇合作；那個人不是神經上有問題，就是和汪氏有宿怨。我個人雖早知他翻雲覆雨，反覆無常，但也絕對想不到他不出一年就脫離抗戰的陣營，潛往南京，成立在日寇卵翼下的僞組織。

汪氏夫婦在長沙住了幾天，忽然提議要遊南嶽。我和張治中自然要陪他們去走一趟。當時和我們一道去的，還有王懋功、黃少谷、余籍傳和名作家孫伏園等數十人。我們浩浩蕩蕩的由長沙乘汽車到南嶽，再換肩輿直登祝融峯，就在那全山最高的廟裏宿了一夜。汪氏那天興緻很好，沿途做了幾首「抵抗強敵、力爭自由」的七言詩，晚上又用宣紙謄寫了好幾幅分贈我和張治中及向他求字的僧侶。

在他一行離湘返鄂的前兩天，我和我妻設宴餞別。他在寒暄時問明我妻籍棣杭州，就開玩笑似的對我妻說：「眞可惜！你那美麗的杭州，居然出了王克敏那樣的大漢奸」。他又對我提起名爲陳羣的另一「漢奸」。他很感慨的說：「他過去是黨員，還跟胡展堂先生做過事。我眞爲本黨慚愧」。

那時武漢已成爲後方軍事政治的重鎭。我因職務的關係，常到武漢接洽公事。有一次在日機連續轟炸下，我不知怎樣染著前方難民帶到武漢的猩紅熱病。漢口一個庸醫，把它當作喉症，所以，我一到長沙，就發高熱，一身生滿了紅斑，性命危在旦夕。我後來幸得湘雅醫院楊濟時醫師注射加倍血清，始能死裏回生，轉危爲安。我既因病體亟待長期療養，又已看出張治中虛偽浮躁，不是可與共事的人，乃下立刻辭職的最後決心。同時，何鍵調職，黨爭早已消弭於無形，我的使命已告一結束。我也可告無愧於中央和地方。

我既得了中央的諒解，無論湘中友好如何挽留，也不管張治中如何假意殷勤的惜別，我在中央決定了繼任人選的時候，便將省黨部交給書記長袁野秋代拆代行。我就悄然携眷向我桑梓之邦的長沙，揮淚告別。那時前方軍民雖在豫鄂一帶苦戰，但湖南已逐漸由後方變成前方。我不知何時才能再回長沙，也不知戰局演變、長沙會變成甚麼樣子。

在我沿湘西公路由湘入貴的途中，我知道中央所派的李毓堯已經接替了我的職務。我卸除了我的仔肩，又離開了張治中那個人。單就這點來說，我的心境是愉快的。我把家眷安頓在貴陽城內，卽赴重慶向中央報到，也參加若干中央的會議。我離湘不過半年；有一天，正如石破天驚一樣，忽然聽見長沙大火，全城化爲灰燼。報紙電訊不詳，只說敵軍逼近長沙，張主席實行「焦土抗戰」，下令焚燬省垣。這是駭人聽聞的消息。尤其使人驚奇的，就是長沙燒完了，敵軍並沒有到長沙，而且還在離長沙二百里的岳陽一帶逡巡，並無大舉進攻的模樣。

當時在重慶的湖南人很多。個個關懷情況不明的家鄉。個個對張治中火燒長沙，痛心疾首。我在一次中央會議席上，曾以卸職不久的湖南省黨部特委資格，提出嚴厲的質詢。我要求中央查究長沙大火的眞象，並懲辦負責的官員。我又要求中央明白解釋「焦土抗戰」的意義，使守土有責者，不至再蹈長沙當局的覆轍。當日在座雙手贊成我的建議的，第一個就是另一湘籍中委周佛海。他還說了幾句很憤慨的話。坐在主席位上的汪精衞，也說中央所指的「焦土抗戰」，並不是如這次長沙不幸事件那麼解釋的。我的建議和汪周二人的發言，都曾獲得全體出席人的贊許。可是，不到兩月功夫，汪周二人相繼逃往南京，去演一齣比長沙大火更悲慘的醜劇。這是大家意想不到的事。

我雖籍隸福建，但我是在長沙生長，也是在長沙進中小學的。我的雙親的墳墓，我的父親和旅湘閩人所組成的福建會館，我的雅禮及嶽雲的兩個母校，以及和我一道長大的同學和朋友，無一不在長沙。我一聽見長沙被自己的省主席下令燒掉了，自然有非言可喻的憤怒和愴恨。後來長沙秩序恢復，中央派員澈查的結果，奉命放火的警備司令酆悌等三人鎗斃，張治中僅受免職的處分。當時，便有人送他一副如下的對聯：「治績毫無，兩大方案一把火；中心何忍，三個人頭萬古寃」；中間還夾一個「張皇失措」的橫匾。這當然是對張氏的譏諷。但那個譏諷實在充滿了湖南人的血淚。

像張治中那樣怯懦，低能，又沒有責任感和廉恥觀念的人，僥倖逃避了國家的重典，至少也應該是「永不錄用」的。可是，他一到重慶，立刻就做了青年團的書記長，不久又兼長政治部。他在所謂「國共和談」的期間，奔走於重慶和延安之間，極爲活躍。毛澤東到重慶，就住在他的私宅。我那時便覺得他是極危險的人物，很可能會演出一幕比長沙大火更嚴重的悲劇。我竟不幸而言中！

當八年抗戰快要結束的時候，中央開始考慮負責接收東北的人選。張治中和熊式輝的兩個名字，都是擺在候選人名單的前列的。張氏雖然沒有爭得過熊氏，但是，他後來仍然派到西北去擔任那一方面的行營主任，還兼任了關係重大的新疆省主席。

當時一般人的輿論雖對他很不好，但也只以為他不過是官運亨通的投機政客。等到民國三十八年「和談」決裂，他和邵力子一樣，都以身為國府大員的和談代表，居然靦顏向毛共投降，留在北平不回來；大家才恍然大悟，才知道他是昔日可火燒長沙，今日可背叛政府的亂臣賊子。可惜大家澈底認識他的時候太遲，我們的整個國家都已經被那一類的人斷送乾淨了。

神州陸沉，生靈塗炭，往事不堪回首，追悔無補時艱。世局雲譎波詭，今後變幻莫測。思鄉懷國，感慨萬千。然而，筆者既無意為何張二人作傳記，也不想替他們下定論；不過偶然寫一點回憶、講一點掌故，談一點個人經歷，至多可以增加將來歷史家一點參考資料而已。

（一九七三、十、廿、紐約）

浪跡天涯的東鱗西爪

數年前，我彙集我所寫的若干篇記遊抒感的散文，出版了一部「漫遊散記」。林語堂先生爲我作序，謂我「所遊必問，所問必記，時亦留心歷史政治。吾則遊而不記，而漫遊之興同也」。我近年已不大寫遊記，並不是學林先生「遊而不記」，而是好多地方一遊再遊，已無一記再記的價值。我現在作這篇短文，不過是雲遊四海，信筆寫成的東鱗西爪而已。

蕭伯納的書齋

一代文豪蕭伯納，著作等身，譽滿天下，誰都知道他很懂人生的樂趣和生活的享受。我有一次遊倫敦，友人爲我驅車郊外，去看他遺留下來那座別墅式的樓房，果然是精緻華麗、清雅絕倫，尤其是那花木扶蘇，修剪適度的一片草地，使人想見當日他如何在這超塵拔俗的優美環境中，寫出那麼多優美的文章和動人的劇本。

我憑弔他在那裏度過半生的房屋。我也觀摩他用過的書籍、衣服、照相機和一座大鋼琴。我正向居停主人告別。她忽然指著花園那一邊，一個外表不太美觀的木室，對我說：「先生要不要到那裏去看一下？」我跟着她走進去，只見裏面除了一張簡陋的書桌、一個木凳和一個小几外，什麼東西也沒有。那些傢具既很粗糙，又無油漆；四壁空空洞洞，總算有一面，開了一個透漏陽光的窗子。

她說：「信不信由你。這便是蕭伯納一生成名作品的製造所」。她又補一句：「當他潛心寫作的時候，他需要絕對的安靜。他進了這個書齋以後，常常半天或一天不出來，不許任何人去驚擾他，也不和任何人交談或通電話。」也許有人以為他的行徑太怪僻。可是，我卻很了解他的心情，也很同情他在寫作時的這個作風。

傲慢的戴高樂

我三遊法國，兩次都適戴高樂當政。他的功過，死後早已有定評。無論佩服他的或詈罵他的人有多少，任何人不能否認他對法國的確有大貢獻。但是，他生前那種高視濶步，目中無人的傲慢態度，就是最崇拜他的法國人也有點受不了。我在巴黎就聽見了不少法國人譏嘲他的笑話。

由於他那種自尊自大，高不可攀的樣子，大家在笑話中，就把他比至高無上的天父。我把我當時所聽見的隨便舉一兩個，就可以反映出一般人民對他的印象和反感。

一個故事是這樣說的：戴高樂有一天忽然在一熱鬧場所出現，一個少婦驚訝之下，大叫一聲

「啊唷！我的上帝呀！」（正和我們有人喜歡叫「我的天呀！」一樣）。戴高樂聽了便對那少婦說：「不必叫我上帝；就叫戴高樂吧！」

另一個笑話更有趣味；那位看守天國大門的聖比德，忽然來到人間，口裏嚷著要找一個最好的神經病醫生。他對人說：「上帝不斷的自言自語。他不知道他究竟是上帝還是戴高樂」。

公爵的生意經

大約離倫敦十多哩的地方，有一個綠茵如畫，名叫阿伯恩院Woburn Abbey的名勝。那是一位世襲公爵的別墅。由於英國的捐稅日重，生活程度日高，許多和王室有關聯的貴族，都有捉襟見肘，入不敷出的困擾。他們左支右絀，叫苦連天，簡直不知道如何去適應那個尷尬的局面。

可是，這個別墅的主人白德福公爵，不但吃苦不叫苦，而且別出心裁的，把那三千英畝的私園，隨便改變一下，裝修一下，便成爲美國狄斯奈式的遊戲場所。我一到那裏，就發現到處都是餐廳、零吃館、野餐處、兒童樂土，和一個設備齊全的小公園。小公園中有名花異木，也有珍禽奇獸。

我買門票進入一座和王宮一樣堂皇的大樓房，穿堂入室，走遍每一角落。除了古董，玩器，名貴的油畫，古香古色的地毯而外，我又看見維多利亞女王親臨此地的各種照片。聽說她和現任公爵的祖父很友善，常到別墅來度週末。我離開大厦以前，一定要經過一個擺滿禮物和紀念品的商店。這當然是主人細心安排的做買賣的辦法。

最使我感興趣的，便是主人夫婦，居然紆尊降貴的變成老闆和老闆娘，慇懃而週到的親自招待顧客。公爵先生年約五十左右，溫文爾雅、和藹可親，一身筆挺的西裝，現出輕鬆瀟洒的樣子。公爵夫人來自法國，已爲半老徐娘。他們和一般店員一樣，幫助客人揀選貨品，還要答復客人一些問題，生意做成了，便笑容滿面的說一聲「謝謝」。我買了一本別墅畫册，就請公爵簽字，並和他寒暄了幾句才握手道別。說不定有人認爲這是王孫公子的落魄。我覺得這是貴族面對現實，一個很正常的出路。

丹麥的誘惑性

丹麥是北歐一個很富庶的國家。它生產以農牧和漁業爲盛，又以善辦合作事業名聞世界。我游它的京都哥本哈根，果然名不虛傳，到處都看見美麗的彫刻和巍峩的建築。這裏是什麼博物院，那裏是什麼王室的宮殿。尤其是丹麥童話作家安徒生的銅像，最引遊客的注意。他那童話所描寫的美人魚，也被鬼斧神工的藝術家塑成眞人一樣大小，栩栩如生，斜坐在海邊一個岩石上，等待她的王子情人。

我加入了遊客旅行車。那位年輕貌美的導遊女郎，口若懸河的講解丹麥的歷史、政治、和名勝古跡。她最後加重語氣的說：「丹麥不但文化高、風景好，而且是怨女曠夫的樂園。女士們！

先生們！你們如果愛情觸了礁，如果到現在還沒有找到意中人，那麼，哥本哈根便是你們的理想園地。我保證你們可以在這兒得到心靈深處的滿足！」。

大家聽了她那滔滔不絕的介詞，都互作會心的微笑。我最初以爲那不過是招徠遊客的宣傳，後來聽說它眞的是一個紙醉金迷、花天酒地的城市，甚至有人叫它是北歐的巴黎。北歐另一國家的瑞典，也和丹麥差不多，都是男女關係極自由、極紊亂的地區。這幾年，嬉皮横行，長髮遍地，哥本哈根更成了色情氾濫的淫都。

德國的美和潔

我們都知道瑞士是花園國，也承認巴黎、倫敦、羅馬和維也納，都以文學、藝術和音樂見長。但是許多人只聽見德國過去如何勇敢好戰，現在如何工業發達，商業繁榮，却忘記了它也是歐洲文化的一個中心。它的文學、藝術和音樂，也可以和英法諸國媲美。

東德既早已關進了鐵幕，我們只能遊西德。西德的每一個城市，不但各有豐富的歷史背景，而且最使人印象深刻的，莫過於它那普遍的美麗和整潔。我到過波昂、科隆和法蘭克福等城市，也曾乘舟沿萊茵河順流而下。我無論遊覽什麼地方，只看見這裏是層樓疊屋的古堡，那裏是尖閣高聳的教堂。我彷彿走進了和風景畫一般的仙境。

最美麗的古墓

古墓這兩個字，我們不談則已，一談就會聯想到野草、枯樹、亂石、泥堆、一種陰風慘慘的氣氛，和一片凋零沒落的景色。我現在在這二字之上，加上「最美麗」的形容詞，好像文不對題，有點不倫不類。

事實上，我在印度所看見的姐姬瑪哈 Taj Mahal 那個古墓，單單用最美麗三字，實在還不能說明它那富麗堂皇的規模，也不夠描寫它那氣象萬千的形態。我當時所寫的遊記，曾有如下的一段：「我久聞這個陵墓的盛名，但從沒有想到它是這樣瑰麗動人，這樣巧奪天工。我幼年所幻想的仙境，便和這個差不多。我幾乎不敢相信人間居然有這樣的建築師和這樣的藝術家。」這的確是我遊那陵墓時所得的印象。我現在仍然覺得我的敍述並不是「過甚其詞」的誇大。

摩果王朝的沙耶汗大帝，歷時十八年，建築這座精雅絕倫的陵墓，去紀念他那千嬌百媚的姐姬瑪哈王后。那時正是我們的明朝末年。從那時到現在已有三百三十多年。印度不知經過多少變亂，居然還能把這空前絕後的勝地保持到今天這個樣子，不能不說是一個奇蹟。

印度是一個困苦、貧窮、千瘡百孔的國家，可供遊客賞心悅目的地方並不太多。可是一般人遊世界，一定要把印度列入行程，就是因爲印度有這個不可不看的姐姬瑪哈。

武俠型的騎士

在臺灣，機器脚踏車最通行、最普遍；因爲車價低廉、用油節省，開動起來，又輕巧、又方便，幾乎是人人可以購置的交通利器。大家簡稱爲機車。

乘坐普通汽車的人，無論如何威風凛凛，行人都不容易看見他們的眞面目。只有機車上的騎士，頭戴鋼盔，身穿夾克，風馳電掣，招搖過市，尤其是車後坐上一位如花似玉的女郎；有時她爲自身的安全，還抱著他的腰部，更要羨煞了無車階級的行人。

可是，機車是交通工具中最危險、最不可靠的；因爲人輕車小，四面皆空，不出車禍則已，一出了無論是車前的英雄或車後的美人，都有粉身碎骨，同歸於盡的可能。我常常看見眉飛色舞的少女，坐在情人的機車兜風、又涼快、又舒適，有時還要翹起雙足、去表示盡情享受的快樂。在那樣的情況下，卽令不發生大車禍，也可以隨時碰着障碍物而折斷乘客的大腿。我眞替那班少女擔心。警察實在應該隨時勸阻，尤其是年青的男女，不知天高地厚，更宜加以剴切的指導，使他們明白生命的可愛，千萬不可樂極而生悲。

*上小館集詩句

我一到臺灣，第一件快事，就是訪老友聊天。多年系念，久別重逢，有時千言萬語，不知從何處說起，有時上下古今，無所不談，每談必痛快淋漓，暢所欲言。這和遊名勝、聽音樂、欣賞藝術一比，不但情調完全不同，而且另有一種非言可喻的趣味。

這回和我談得最多的，莫過於井塘、崇基和紹棣幾位。有一次，井塘邀我們吃小館子。紹棣詩興勃發，集東坡句，成一絕以贈井塘：「載酒無人過子雲，非君誰復肯相尋，年來漸識幽居味，白髮長嫌歲月侵。」崇基執教東吳大學，正完成一部有關近代史之新著作，紹棣又集東坡句贈一絕：「大筆推君西漢手，著書猶喜在名山，元嘉舊事無人記，慰我長思十載間」。

紹棣本爲詩人，近年熟讀古詩，尤好集東坡詩，信手拈來，悉成佳構；旣贈井塘及崇基，餘興未盡，又送我一首：「未成報國慚書劍，從宦無功漫去鄉，材大古來無適用，感時懷舊一悲涼」；復自頌一絕：「白首先生杖百錢，廣文好客竟無氈，自知樂事年年減，交舊何人慰眼前」。紹棣的靈感，立刻增加了我們的風趣；以我一個不善作詩的人，也反覆吟哦的愛不忍釋。

＊亞洲影展一瞥

亞洲第十七屆影展在臺北擧行。我於它閉幕給獎的那一天，參加了它的盛會，看見了不少自由中國和來自香港及東南亞的電影從業員。男明星雖然很多，但不大引起人的注意。女明星眞是鶯燕滿堂，星光熠熠，使人眼花撩亂，美不勝收。我因坐在第一排，居然攝取了一大束的彩色照片。得獎人給我印象最深的，自然是影后甄珍和影帝南宮遠（南韓）。那位得配角獎的李湘，和上一屆的影后歸亞雷，也和甄珍一樣的美麗端莊，雍容華貴，都可稱爲自由中國最優秀的代表。

*日本人的禮貌

日本人恐怕是世界上最講禮貌的民族。我每次遊日本，到處都看見「鞠躬如也」的老少男女。而且，他們不鞠躬則已，一鞠躬一定是毫不含糊的九十度的角度，做的又恭敬、又規矩，有時連他們那種不大會笑的面孔，也居然露出一點笑容。我的第一個反應就是這樣有禮貌的民族，爲什麼以前侵略我們的時候，那麼不講理，那麼旣橫蠻而又殘忍。他們眞是一個充滿矛盾的民族。我的另一反應，便是他們的禮貌是從古代中國人學來的。而我們現在許多人禮貌的欠缺，無論是在態度上，或語言上，不但不能和日本人媲美，就是對西方一般有敎養的人也有遜色。這正適合了那句「禮失而求諸野」的老話。

美國的醜嬉皮

許多外國的譯名，由於中國人策心忠厚，總是用好聽的漢字，如英、美、德、法、義等等。我們不知不覺的以爲這些譯名，可以代表他們的國家；這是大錯而特錯的。就以美國而言：我不否認它的風景美，公路美，典章文物也有不少美的地方。可是，現在你一到美國，到處看見滿坑滿谷的嬉皮，尤其是在各著名大學的校園。他們蓬頭垢面，放蕩形骸。他們吸毒、犯罪、男女亂交，不事生產。那一大羣寡廉鮮恥的墮落青年，偏敢自鳴淸高和前進，或瞎談禪理，或亂叫革命的口號。我只可把一「醜」字說明嬉皮的一切。如果他們能代表美國的話，那麼，我們眞要考慮用別的漢字，去改譯它的國名。

（一九七一、九、十、紐約）

古城的神秘

沒有一個人的「大都會」

高棉——我們有時稱它爲柬埔寨——大家只知道是東南亞的一個小王國。如果不是那位又像國君又像首相的施哈努親王偶然在國際舞臺上跳來跳去，大家幾乎忘記了那個小王國的存在。

想不到，這個小王國居然在深山叢林裏，發現了一個充滿神秘性的古城。那個古城的遺跡，由於它的規模的宏偉、建築的巍峨，曾在這一世紀當中，引起無數科學家、考古家、建築家的好奇的追求和學術的探討。旅行東南亞的人，如果不怕附近寮越戰事的牽扯，一定都願意進入高棉，去看這個不可思議的歷史奇蹟。

那個古城名叫安柯爾，正在高棉的北部，接近泰國的邊境。大約一百年以前，一個法國自然科學家毛哈經過傳教師的指導，走進了一個遍地都是森林的蠻荒之地。他本來是尋找昆蟲的，却於無意中發現了無數被大樹及野草所纏繞的巨型石廟。石廟的門窗和圍牆上，刻滿了奇形怪狀的花紋。

除了那些廟宇而外，毛哈還看見許多寬大的道路，縱横的運河，而且，城壕、堤岸、蓄水池、以及其他城市所必需的東西，幾乎應有盡有。這樣的一種規模，就是用現代標準去衡量，也可以稱爲一個大都會。他當時感覺得最奇怪的，也就是我們都想要問的，爲什麼那裏找不出一個人。

建築那個大都會，一定需要很多人工，花費很多財力，經過很長的時間。爲什麼他們忽然全部遷徙了或消滅了？不但他們的後裔一個也找不着，就是歷史的記載，民間的傳說，也沒有發現過。毛哈把這些話去問附近的高棉人，他們都沒有滿意的答復；至多只說那些偉大而瑰麗的廟宇，是上蒼所創造的。

毛哈爲好奇心所驅使，放棄尋找昆蟲標本的任務，深入叢林中的古城，走遍那幾十座寺廟王宮，禁不住喟然長歎一聲。他說：「這才是沙羅門的勁敵！這才是過去的時代留給後人一個最壯麗、最完善、最重要、最有藝術價值的紀念碑！」。今天遊客到了這裏，當然看不見毛哈所見的叢林野草；因爲所有的古城建築物，都在這幾十年中清理完竣了。可是任何人遊歷以後，都承認毛哈所言是沒有一點誇大性的。

元朝學人周達觀的貢獻

這個巧奪天工的古城，自然不是神造的。當地的土人雖然不知道它的來歷，可是，一百年來的考古學家，已經把安柯爾的謎，揭穿了一大半。我們現在可以斷定這是以前克莫爾帝國Khmer Empire 的京都。它的全盛時期，正當我國的宋元朝代。

那個帝國的版圖很廣大，幾乎包括東南亞一大部份。它立國六百多年，突然在一四三二年滅亡。安柯爾古城，便隨著它的滅亡，而被湮沒在這個熱帶的荒山叢林裏面。全部居民的消失，是否由於戰爭的迫害，疾病的侵凌，或大規模的遷徙，到現在還沒有定論。

我們今天能夠在這裏遊覽、觀摩和憑弔，當然第一要感謝那位一百年前發現這古跡的法國科學家毛哈。法國征服安南以後，又花費了很多功夫，去清理那些建築物上的野草怪樹。從一九〇七年開始，這個古城就逐漸脫離了叢林的羈絆。人們也就慢慢地知道那裏所發掘出來的寺廟和碑石，簡直可以和希臘，羅馬和埃及的古跡媲美。

然而，文化落後的高棉，既然沒有關於這個帝國和這個古城的歷史記錄，那麼，西方考古學家究竟如何着手搜集材料，如何開始他們的研究工作呢？這就不得不歸功於八百年前一位中國學人周達觀和他所寫的一本「眞臘風土記」。

眞臘就是宋人及元人給予高棉的國名。法人在十九世紀把那部書譯成法文。隨後又有人譯成英文。西方人有了這兩種譯本以後，不但開始明白安柯爾古城的淵源，也逐漸知道高棉的歷史和地理。所以，周達觀那本書，實在是開啓這個地區的鎖鑰。

從宋朝起，眞臘就向中國進貢稱臣。元朝征服中國，席捲歐亞，曾一度派使宣撫眞臘。周達觀便是宣撫團裏一位有學養的官員。那大概是十三世紀的末葉。周氏把他當日所見所聞記載的相當詳明。首都安柯爾的一切，尤其描寫的有聲有色。

他寫那本書的動機，也許是一種公文式的報告。想不到六百年後，它竟使這個極有歷史意義和藝術價値的古城重新發現。它也使我們進一步了解東南亞這一部份的史實，以及它和中國的關係。

眞臘風土記所描寫的京都

我沒有讀過「眞臘風土記」的原文。但從英法文的譯本中，我們得到一點安柯爾古城的輪廓；再把近年所發掘的古城一對照，更曉得著者周達觀的記載很翔實，很可信賴。

依照周氏的描寫；安柯爾四周，包圍著一條長達二十里的城牆。東向有二門。西南北三方各有一門。城外有護城河。河上有幾個大橋。每條橋的兩邊，都有石頭雕塑的神像。它的欄杆也用巨石堆砌，還鑲有天神鎭壓九頭蛇的雕刻。

它那五個城門上，各有佛像五座。中間一座是金鑄的；其餘五座是石造的。每一個城門的兩旁，都有巨大的石象。城牆的建築很堅固，都是用二丈見方的巨石砌成的。城中心有一座大金塔，並有二十多個石塔拱衞著；四周還分佈一百多間石屋和八座金鑄佛像。佛像附近有兩隻金鑄的獅子。

大金塔以北約一哩，有一個銅塔，比金塔略高。下面也有幾十間石屋。石屋裏珍藏不少雕刻品。富麗堂皇的王宮，位於城北。王宮一切陳設都很華貴，連窗櫺都是用純金打成的。王宮的中心，也有一座美麗的金塔。

眞臘的全盛時代，是在第九世紀。安柯爾便是在那時開始建築的。歷代國君，徵集全國民伕，花費了無數可計的金錢，經過了兩百多年，才把安柯爾建造完成。到了那時，王室窮奢極慾，不知節制，人民也弄得疲敝不堪！

暹羅趁著它民窮財盡的時候，舉兵入寇，打了幾年很殘酷的戰爭。眞臘無法抵抗強鄰的侵略，一再敗北。安城精華付之一炬。人民不知死亡多少。遺留下來的不是被俘虜，便是到處逃亡。從那時起，不但眞臘國亡種滅，就是安柯爾那個名城，也就永久埋沒於荒山野草之中了。

十九世紀法國人首先發現的遺跡，是在古城的北邊。後來他們又在附近找出一個當時未被焚燬的大區域。全區佔地八十多英畝，有四個很長的走廊，中間聳立一個大寶塔。它們的形狀各不相同。走廊的四壁和石柱，都是佛像的浮雕。我們今天在遺跡上實際看見的，正和周達觀所描寫的毫無二致。

六百多年的大王國

我從中西方學人研究克莫爾王國的文獻中，知道它在全盛時代的版圖，包括現在的中高棉、越南、和寮泰二國。從中國南海到暹羅灣的地區，都是屬於它的統治。它不但呈現高度的文化，而且建立了六百多年的東南亞大王國。它忽然在紀元一四三二年前後，一切都消滅，都停止，只遺留下兩百多座石碑和建築物。這不能不說是歷史上的一個大怪事。

一九〇七年，法國政府開始發掘這個安柯爾古城，斬去了叢林野草，揭開了六七百年的神秘。法國遠東學院在格羅斯里的指導下，一面考古，一面復元；這是一種從來沒有試驗過的工作。法國和高棉每年合出一百萬美金，購置了起重機和其他工具，僱用了一千多專家和工人。叢林清除以後，他們重建了一條三千一百二十碼長的大通衢。通衢的兩旁有五十四座大石像。一幢五層樓的「巴鳳」，是各廟院中最美麗的。另一有名的寺院，叫作「安柯阿華」；它有長達八百碼的走廊。在它那些牆壁上，我們不但看見許多值得驚異的浮雕，而且發現不少克莫爾文的敍述。這些東鱗西爪的敍述，居然和中國學人周達觀的記載很符合。

從這些敍述中，我們知道安柯爾在紀元八百年建立王朝，昌盛繁榮，正如周書所言。中國和印度的商人經常到這裏做買賣，因而帶來了不少有關中國文化和印度佛教的事物。他們建國後一連串的國王，東征西討，似乎都很有能力。他們征服了四週的弱小民族，並且俘虜大批降卒回國，替他們建造王都的宮殿。

安柯爾是國王的首都，也是這個大王國的軍事重鎮和政治文化的中心。它的國名，諧音克莫爾 Khmer，後來轉變爲現代的所謂高棉。高棉雖然現在還是一個很落後的國家，可是，他們一千年前建立克莫爾王國的祖先，已經創造了一個吸收中印二國文化的新朝代。

「森林中的珠寶」

在近年許多關於安柯爾的文字中，我很喜歡一九六〇年四月份地理雜誌所刊登的「森林中的珠寶」。那是主筆摩爾寫的。他探討那個地區三十五年。因此，他所紀錄的都是實地的經歷，大部份和我在本文所敍述的大同小異。

不過，我最感興趣的，還是附在那篇文章裏面的許多圖畫。那是一位法國畫家費維的傑作。他根據已掘發的歷史材料，再加上兩位潛心研究安柯爾的法國專家的意見，把那失去的克莫爾文明，和當時安柯爾人民生活狀況，一一描摹出來。

從那些畫片中，我看見一個國王向印度神象祈禱，又一國王在二百呎高的山頂上建立一個大廟。我看見漁民大量捕魚的工作情形，又看見許多奴工在監工者鞭策之下，從事王宮的建築。那時國王宮庭的生活，也被這位畫家描寫得栩栩如生。王后和妃子雖然滿身珠寶，可是上身全部赤裸，肚臍之下有圍裙，圍裙之下便是不穿鞋襪的赤足。

大概因爲天氣炎熱的關係，后妃洗澡很勤。浴池的裝璜和佈置，旣香豔又華麗。后妃入浴的時候，四週有女樂師彈琴擊鼓，演奏出十分美妙的音樂。自然，除了國王而外，不會有其他的人，敢來欣賞那麼令人陶醉的場面。

每一個國王，聽說有五位正式后妃。至於普通宮娥孌妾，他至少擁有四五千之多。全國的少女，國王如果喜歡任何人，可以隨時納入宮中。否則他也可以爲她選擇任何配偶。凡國王沒有見過的少女，都是不許自由婚嫁的。

上述那些畫片，一方面是根據周達觀的紀載，一方面也靠歷年在那裏所發現的彫刻。我們今天在安柯爾的斷壁頹垣中，看見無數的神像、獸像、以及當時舞女藝人的種種姿態。因此，我們對於這六百年的安柯爾的生活狀況，得到了一個相當的輪廓和進一步的了解。

聲勢煊赫的國王

安柯爾的國王是擁有無上威權的。我們在費維所繪的圖畫中，看見他高坐正殿中的寶座。他每天要聽訟兩次。人民匍匐在下面，獻上鮮果一類的禮物。祭司站在國王的旁邊，好像顧問一樣。國王頭戴王冠，手握金刀，除穿一條短褲外，全身都是赤裸。王殿四週的窗門，全是黃金鑄成的。國王離宮出外巡行，更是氣勢雄壯，威風凜凜。他乘坐一頭巨象。巨象頭頂花冠，身披綢巾，露在外面的長牙都用黃金包鑲。國王雖然不穿什麼衣服，但他的頭上、頸下、和四肢，掛滿了黃金飾物。王冠之上，還有顏色鮮艷的陽傘。

行列前面一排一排的儀仗隊，或鳴鑼擊鼓，或肩負許多祭神用的器皿。旌旗蔽日，五光十色。號角齊鳴，聲震屋瓦。我看了那些描寫生動的畫片，便可以想見他們武功的彪炳，國力的雄厚，也知道他們愛好音樂，講究排場。

每年有幾個季節，他們就利用那些日子，迎神賽會，盡情歡樂。國王親自參加，和人民打成一片。幾乎和現代的馬戲團一樣，猴戲、雜耍、踩繩、跳槓、擊劍、比武，樣樣全備，應有盡有。他們慶祝新年尤爲熱鬧。國王在王公貴人的環繞中，高立大廣場的平臺上，接受人民的朝賀。

無數的男男女女，便在那朝賀的儀式中，跳着類似現代芭蕾式的舞蹈。夜間大放紅紅綠綠的烟火。我們中國人在宋元時代，就會製造火藥和火箭一類的東西。如果說克莫爾人是從中國人那裏學會玩烟火的技能，大概不是沒有根據的。

他們立國六百多年，國王自然有好幾十位。其中最使歷史家感興趣的，是一一八一年即位的嘉耶瓦門第七。我們今天在安柯爾所看見的王宮、寺廟、亭閣、和長達幾百碼的象壇，可以說都是他一手建造的。我們雖然發現了他的石像，但無法知道一點他的歷史。

消失了的古文明

克莫爾王朝的成就，不但在政治和軍事方面；他們的物質建設、也是很可觀的。在湄江河的山谷中，他們芟除了原始森林，開闢了荒山，種植了廣大的米田，修築了一個很完整的道路網。

他們又很懂得水利工程，因爲他們建築了比王室還要複雜的河堤、水壩、運河和蓄水池。他們似乎相當圓滿地解決了灌溉和運輸的問題。

有一位國王，曾訓練過二十萬頭戰象，發明過射擊箭頭的機關，和弓箭射不進去的海軍船隻。他們率領軍隊數目的眾多，正如碑文所謂「士卒進軍時的灰塵，可以遮蔽日光。」由於武功那麼彪炳，國力那麼充實，國富年有增進。除了戰俘和奴隸外，一般人民的生活，都過得很舒適。

周達觀氏在他所寫的「眞臘風土記」上曾說過：「他們有用不完的米糧，找不盡的婦女，到處都有很多的房屋，做生意很容易，而且有厚利可圖。」恐怕正是因爲物質生活太進步，所以大家都趨於享受和奢侈。他們便由英勇好戰的民族，逐漸變爲無力抵抗外敵的弱者。因此，那班文化比較落後，但武力比較強大的暹羅人，乘機侵略克莫爾。他們最初也到處遭遇着相當強烈的抵抗。後來，兵連禍結若干時日，克莫爾人屢戰皆敗，一蹶不振。那座美麗繁華的京都，竟沉淪於暹羅人之手。所有的居民，死亡的死亡，俘虜的俘虜，最後遺留下來的，也都四處流亡，永遠不能再回來。

他們不但亡了國，而且滅了種！現在的高棉人，是不是他們的後裔，還是一個疑問。何以一個那樣相當高度開發的王朝，會一旦消滅於無形，後人自然有種種推測。第一說是克莫爾人厭戰心理作祟，一旦被暹羅人擊潰，覺得安柯爾無險可守，只有全部遷徙，一走了之。第二說是戰爭之後，繼以瘟疫，可能是瘧疾、瘴氣、或黑死病；全部人民都病死了。第三說是奴隸叛變，殺光了主子，搶刼了財寶，大家一溜烟跑到別的地方去了。

你可以任選一個結論。眞正的史實，恐怕永遠不會有人知道。

（一九六四、八、紐約）

可蘭經、長袍、古墓

我遊這個三大宗教——基督教、猶太教、回教（伊思蘭）——發源地的中東，很想多明白一些伊思蘭的內容。我因久居西方，接近基督教和猶太教，知道一點它們的性質和概要。唯有伊思蘭，不但好像和一般人隔得很遠，而且還帶有不少神秘的氣味。

伊思蘭的聖經是可蘭。它和基督教的新約全書差不多長短。它既非詩詞，亦非散文，只陳簡明的教義，不談玄妙的哲理。它的抑揚頓挫的韻律，似乎是大自然的回音，又似乎是原始民族的歌曲。它能產生非言可喻的力量。那力量便鼓舞着人類去追求信仰，去崇敬上蒼。

穆罕默德從公曆六一〇年到六三二年，在麥加和麥地拉之間，建立這個伊思蘭宗教。他得自上蒼的重要啓示，便是「慈悲的、仁愛的眞神，只有一位。那便是創造萬物的阿拉 Allah。他是全知全能，充滿智慧的。在天上，在地下，都有他的光榮。」

他得了那樣的啓示以後，便把當時人民所迷信的偶像毀滅。他一面宣揚他的教義，一面建立新的法律和新的社會秩序。當他和人們討論日常生活的時候，他說的話幾乎句句都是平易近人的。舉一個例：他說：「你如和他人交易，你應該把交易條件和未來義務，一一筆之於書，還要找兩個證人。有人在阿拉前作見證，就可以袪除相互間的疑慮。」

穆罕默德理想中的社會是講道義，重法律，又切合實際環境的。依照伊思蘭信徒的看法，任何國家只要是這樣遵守可蘭經的教訓，去推進政務，去治理人民，便可以得到和平、安寧、與繁榮。

伊思蘭的教義，很容易被人誤解。有的人看見中東的回教徒一人可以娶四妻，以爲那宗教是講縱慾主義的。事實上，阿拉伯人不但從古就有「多妻」的風俗，而且漫無限制。穆罕默德建立伊思蘭，才把一個人的妻額規定爲四人。

他不但要人戒色，而且要人戒酒和戒懶。一個好的回教徒，絕對不肯喝半點酒，每年還要遵行一個月的齋戒。阿拉伯的沙漠氣候，和不間斷的風災和旱災，造成那一帶的艱難困苦的生活。穆罕默德對人民說：「作惡的人，會入火一般的地獄。爲善的人，乃能進有涼風、有泉水、有美人的樂園。」

還有人讀了中古世紀回教徒和基督教徒互相殺伐的歷史，認爲伊思蘭提倡戰爭，鼓勵教徒好勇鬪狠。事實上，穆罕默德一再強調「和平優於戰爭」的理論。回教徒見面的第一句話，就是「讓你享受和平」。他們在飲食或工作的開始，一定先說：「我們奉行阿拉的名，他是最仁慈、最寬大的。」這也是可蘭經開宗明義的幾句話。

伊思蘭有五個大原則：第一、宇宙只有一個眞神；穆罕默德是先知。第二、每人每日必須於早上、中午、下午、日落、晚間，向着麥加禱告五次。第三、每人每年捐財富的百分之二點五去做慈善事業。第四、每人每年必須齋戒一月。齋戒時，除天亮以前，日落以後外，終日不飲不食。第五、如健康和經濟容許，每人應到麥加朝聖一次。

基督敎徒認爲耶穌是神。回敎徒認穆罕默德只是有血有肉的先知。他一生的嘉言懿行，都被回敎徒奉爲金科玉律。他說人人應該有自由。他重視社會公道。他尤其主張回敎應該有容忍精神，應該隨時和其他宗敎合作。

一部份淺見的西方人，以爲伊思蘭信徒都是缺少文化的落後民族。他們不知道西方文化，無論在科學、醫學、數學、哲學、天文、地理任何一方面，都曾受過回敎的深厚影響。

中古時代，歐洲出動過幾次十字軍，去和聖地的回敎徒作戰。當他們每次班師返歐的時候，他們不但學了不少回敎徒對於「愛和恨」及「和平與戰爭」的哲理，而且也把回敎徒的文學和詩歌帶回歐洲去。

回敎徒幾次侵入歐洲本土，也把他們直接得自古代希臘的學問，包括歷史的研究與寫作，帶給黑暗時代的歐洲人。歐洲中古及近代的高等敎育，都在無形中得過回敎徒的幫助與貢獻。

現在全世界有三億五千萬回敎徒，只有百分之七是阿拉伯人，百分之二十用阿拉伯文字。他們對於宗族、膚色、和民族的成見，比許多別的宗敎要寬大一點。只要是信徒，無論是歐、非、亞、那一洲來的，無不一視同仁，不分畛域。

他們篤信一神，既不要傳教師，也摒除畫像和彫刻。他們反對偶像及一切和偶像接近的東西。有一個時期，這個簡單純潔的宗教也和中古的基督教一樣，曾墮入腐敗的深淵，尤其是少數作威作福的回王。

回教徒和基督徒，雖然有歷史的仇恨，但就兩邊的教義而言，實在沒有絕對不能携手的理由。現在阿拉伯國家一致反對以色列。但是過去有若干次，猶太人曾在回王寵眷之下，做過大官，握過政權。今天這三教雖有若干矛盾，但如一旦相互的澈底了解，也未嘗不能言歸於好，由宗教的文化之交流，而合力奠定中東的和平。

反宗教、反神明、反人性的共產主義，是三教的共同仇敵。說不定，有一天在人類全面反共的旗幟下，三者可以捐棄前嫌，通力合作。穆罕默德對他的信徒說過：「將來你們最可愛、最可靠的朋友，很可能就是那班自稱爲基督徒的人們。」

回教、猶太教、和基督教，都從中東地區發源，傳播到世界各處。我今天在中東憑弔古跡，緬懷聖哲之餘，深信這三種宗教，雖各具若干特徵，但有一顯著的共同點。那便是三者都崇敬至高無上的造物之主宰，都要把世人引導到仁愛和平的大道。

我對回教和猶太教知道的太少，不敢隨意論列。可是，基督教的教義，我從幼就聽得多，稍長又涉獵聖經及有關書籍。我總覺得耶穌基督代表了一種最崇高、最聖潔的人格；無論你信他是三位一體的神，或是有血有肉的人。

我看了中東地區的紊亂和仇殺，曾發生「搔首問天」的感慨。可是我只有譴責人類的貪婪和自私，而不敢埋怨上蒼的不公平，也不能批評宗教的無靈效。

事實上，耶穌正是針對着人類的弱點，以身作則，捨己救人。他肩負着十字架，犧牲他的生命，爲的就是要替人類贖罪，爲的就是要充分發揚「悲天憫人」的精神。

現在的人類，雖距耶穌時代快要兩千年。但是，我們的智慧、行爲、道德，不但沒有若何顯著的進步，而且還有每況愈下的趨勢，雖然今天物質的環境，已經和以前大不相同了。

兒女不聽從父母的教訓，學生不接受教師的忠言，你難道可以把全部責任推給父母和教師嗎？耶穌那麼苦口婆心地警惕人類，而我們不能革面洗心地痛自振拔，反自甘墮落到罪惡的深淵。那是我們對不起耶穌，正和兒女對不起父母，學生對不起師長一樣。

今天這個充滿罪惡的世界，已經快到大毀滅的邊緣。如果我們不願看見末日的來臨，只有秉承耶穌「民胞物與」的懷抱，遵照耶穌「非以役人，乃役於人」的教訓，以仁愛對仇恨，以誠信對猜忌，以寬恕對狹隘，以智慧對愚蠢。那麼，我們才有自救救人的希望，人類也才可以得着「永生」。

我遊中東各國，刺我眼簾最甚，予我印象最深的，不是回教寺院，不是蒙面婦女，而是穿著長袍滿街走的男人。我認爲這是一個陳舊，不振作，違反時代精神的象徵。

我並不是特別厭惡長袍。我也是在一向穿長袍的中國社會裏生長的，雖然我一樣的覺得中國早就應廢除長袍。我以為長袍絕對不適宜於一個人的工作及行動，只可以留在家裏當睡衣或便服。

一個民族有沒有出息，自然因素很多，我不能武斷地說，那和他們的衣服有什麼連帶關係。可是，長袍妨礙現代社會的生活，應該是沒有疑問的。我們現在經常和機械接觸，尤其是一切交通工具，早已成為我們生活的一部份。像那樣衣角袖邊常在空中飄幌的長袍，實在是隨時可以促致死傷的不祥之物。

我在中國穿長袍，並不否認它的寬鬆舒適，的確在西服或中山裝之上。但是，同時我也覺得我一穿上長袍，便在懶洋洋的氣氛中，變得精神萎靡，四肢無力，幾乎喪失工作的意志。我住在家裏，還可以說這是與眾無關的私生活；如果一到辦公室或其他公共場所，我穿了「飄飄欲仙」的長袍，搖搖擺擺的踱方步，那會不知不覺的改變我的處世態度，降低我的做事效能。

中東各國還有更可怕的一點。那便是他們的長袍，除了一部份富庶階級外，大多數都是污穢不堪的。中東氣候炎熱，一般人無論工作或行動，都會汗流浹背。他們就用長袍的任何部份，當作揩汗的手巾，或除髒的抹布。我在人叢中常常聞到他們長袍的臭氣。假若疾病是中東人民的仇敵，那麼，長袍便是那許多仇敵的媒介。

我現在才明白土耳其革命成功以後，基瑪爾總統為什麼要鼓勵人民脫下長袍換西裝。

埃及是一個最古老的國家。若干年來，它的古墓的發掘，它的古物的搜羅，曾給予人類許多寶貴的考古知識和歷史資料。

在這一百多年當中，歐美學者專家，不斷的到埃及去尋求並整理那些知識和材料，使它成爲有系統的埃及學 Egyptology。同時，其他各地的考古工作，也因爲埃及這樣的成就，相得益彰，更奠定了考古學在科學上的基礎。

開羅一位朋友告我：「你到埃及，除金字塔外，有一個地方，無論你對考古學有無興趣，都得去看一看。那便是埃及政府所設立的博物院。它是名聞世界的古物展覽中心。」他又說：「如果你時間不太多，不妨專看一九二二年從托安卡蒙王墓所發掘出來的全套古物。」

我到那博物院的大門，便有一位又高又大，穿阿拉伯長袍的胖子，迎面而來。他自我介紹地說他已經做了五十年的導遊工作。他精神飽滿，行動敏捷，如果他不自言年歲，我決不敢相信他已達七十一歲的高齡。他日常說英語和阿拉伯語，也講德、法、意、西各種方言。他自詡他可用任何語言，講說任何事物。

這個博物院的確是「名不虛傳」。它不但建築堂皇，廳房寬敞，而且部門衆多，佈置整齊。一切古物的分類有條不紊，一看便知道這是許多專家的心血。我「走馬看花」地看了各部門，特別注重托王古物陳列所，總共花費了三小時。

一般人認爲很神秘的木乃伊，在這裏到處都是，反不易引起我的興趣。從各古墓裏挖出來的石像、用具、男人的武器、女人的首飾，名目繁多，數量豐富，我想看一看年代都來不及。大概三四千年的很普遍，五六千年的也不少。

托王的時代，是在三千三百年以前，自它墓裏發掘出來的東西，都很精緻，很美觀。有一點，特別使我驚訝，那便是那些棺木上所繪的女人服飾和髮型，簡直和近年巴黎時裝差不多。有好多地方比巴黎人還漂亮一點。我想要問：究竟是人類幾千年來沒有進步呢？還是現代美術家抄襲了幾千年前的古風呢？

中東回教國家高唱了多少年的阿拉伯大團結——也就是埃及的納瑟所夢想的阿拉伯大帝國——不但近年觸了不少次的暗礁，而且，現在還充滿了四分五裂，爾詐我虞的現象。

西方帝國主義在中東所遺留下來的殘餘勢力，自然一天一天的消沈。阿拉伯民族的唯一敵人，好像就只有短小精悍的以色列。可是，他們口裏儘管嚷着「消滅以色列」，而在行動上，他們並無若何團結的象徵，也沒有一點同仇敵愾的神氣。以色列仍然繼續它的生長、壯健和現代化的進展。

相反的，敍利亞和埃及，分而復合，合而復分。伊拉克忽而加入阿拉伯聯邦，忽而出爾反爾，又從半途退出。納瑟滿以爲一面支持葉門的叛亂，一面勾結敍、伊兩國的親納份子，可以順理成章地把這三國併入阿聯的版圖。

到現在，一兩年一幌就過去了。那個地區的混亂局面，既沒有澄清的希望，也沒有惡化到短兵相接的境界。納瑟對這一方面雖然表面上一無所成，但是，他的威望和影響，依然和過去差不多。他在國內的政權日趨鞏固。他在其他回教國家，還是一個「阿拉伯大團結」的偶像。

葉門，這個蕞爾小邦，由於美國的干預，聯合國的調停，至今還沒有變成納瑟的囊中物。敍利亞和伊拉克，情勢轉變很快。擁納和反納的派別，好像拉鋸式地打來打去，此起彼落。你可以對於他們的前途隨意推測。但是，任何推測都可以隨時被一個新的事變所推翻。

有一點，似乎是這幾年中東變亂所造成的結果。那便是蘇俄在那地區的力量，不但沒有增強，而且表現衰頹的趨勢。當地的共產黨，也好像弄不出什麼新陰謀。然而由於中東局勢的險要，由於中東人民始終跳不出貧、病、愚的困擾，我並不敢保證那個火藥庫的永不爆炸。

（一九六四、二、紐約）

一篇難做的文章

常常有人請我作書評，或序文，或藝術品的介紹。我雖然有時覺得很不容易應付，但是大體上我都應付過去了。唯有最近一位二十年前的學生劉君至申，快要出版一部他精心寫作的大學用書，附了一封情文並茂的函牘，請求我爲它作序言，我立時發生躊躇和困難的反應；因爲我認爲那是一篇難做的文章。

他那部書的名稱是「空氣動力學」。顧名思義，我們便知道那是一種很專門的東西；它是現代航空工程的基本科學。我想我於這學科旣是門外漢，怎麼可以對一本自己看不懂的書籍，去寫一篇具有介紹意義的序文呢？

然而，我是學工程的，而且還當過這位著作人的工學院長。儘管現代學問，種類繁多，一個人所知道的極有限；我說我不懂學生所寫的專書，應該可以得許多人的諒解。但是，我仍然不能用這個理由去拒絕他的請求。

況且，我當師長的時候，無時無刻不勉勵學生用功讀書，多求高深的學問。這一位好學的學生，記着師長的「訓言」，身體力行，不但在職務上表現能力，而且在學問上更有心得。如果我對他費了多少年心血所寫成的傑作，不肯替他寫序文，他很可能會誤會我言行不符，或太吝惜自己的時間。

我有「義不容辭」的感覺；所以就提起筆來，一口氣寫完了一篇序文。當然，在未動筆以前，我還做了一點預備工作。那種工作的本身，也就是不可多得的經驗。我在序文裏老老實實的說出來，讀的人或者會對它發生相當的興趣。現在我把這篇序文照錄如下，一面是讚揚我的學生的成就，一面是記錄我寫這篇序文的經過。

「我在抗戰時期，主持過兩個國立大學。一個是包括各項工程學科的西北工學院；一個是兼有文理法商各院系的西北大學。一生所從事的事業，我認為這是最艱難而又最使人興奮的。因為戰時許多條件不具備，我整天要應付平日不常遇見的人事問題和經濟問題；同時，大家都知道這是我們在教育崗位上的報國之道，我因而發生一種強烈的愛國心和責任感。尤其是我朝夕和青年學生一起砌磋、一起生活，我不知不覺的成為他們的一份子，不但精神上很愉快，很有朝氣和活力，而且心理上更充滿了樂觀的希望。

由於兩校學科性質的不同，我的辦學方針，也隨着兩邊情況而有若干差異。可是，有一點，我在兩校是完全一致的。那便是我不問我的學生將來是當教員、或充官吏、或做工程師、或選擇任何其他職業，我都勸勉他們敦品勵行、盡忠職守、還要繼續不斷的追求眞理、研究更高深的學問，絕對不可因爲職務、環境、或年齡的關係，而和書本脫離關係。

時代的巨輪總是帶着人類向前邁進的。我國連年動亂，戰爭不停歇，政治不安定，經濟生活從來沒有正常的發展。這一切，自然造成了學術貧乏和文化落後的現象。我們這一代的知識青年，若自身求得高等教育和適當職業便認爲滿足，那只可以稱爲沒有遠大志願的獨善其身者。這不是我所希望於我的學生的。我認爲現代青年一定要以推進學術發揚文化爲己任。這是我們對於國家和民族必須肩負起來的職責。

二十多年來，我的學生不但在事業上有建樹，而且還有不少的人服務教育界、學術界，孜孜矻矻的潛心研討他們所愛好或專長的學問。有的已有特殊的心得。有的出版了他們的著作。有的培育了更年輕一代的英才。他們這樣不負師長的期望，眞是辦教育者最好的報酬。今日國家所遭遇的，無論如何艱苦，只要有這許多有爲有守的青年，堅強奮鬭，矢志不渝；我們的前途必定是十分光明的。

劉君至中就是我的學生中一位典型的好學深思之士。他在大學所習的是航空工程，畢業以後又在空軍服役二十多年，做了許多實際的飛機修護及製造工作。但是，他無論擔任什麼職務，他沒有一天不和學問保持密切的聯繫。他一面在學校講授數學和工程科目，一面繼續深研航空工程中一門很重要的學科——空氣動力學。最後，他完成了這部大學用書「空氣動力學」。

他寫完這部書後，立刻以全稿寄我，要我替他作一篇序言。我聽了學生有這樣的成就，中心快慰，莫可言宣；他的這一點請求，我是義不容辭的。然而，「空氣動力學」是很專門的學科，我既不是習這一門的，何可不自度量，隨意論列？我於是以劉君書稿寄給這一門學科的權威學者柏實義先生。柏先生任教美京馬利蘭大學。他不顧教務如何忙碌，就在短短二三星期內，校閱劉書全稿，還寫了一篇極有學術價值的介紹文。

柏先生在他的介紹文裏，把空氣動力學的發展過程，分爲低速空氣、高速空氣、極速空氣三個階段。他又說明這門學科如何在三階段中改進飛機製造與研究，使它成爲航空技術和飛機設計的基本科學。我們讀了他的介紹文，便明白六十多年來這門學科的進度，也可以說就是航空工程、航空機械、和航空事業的長足進步史。我們便在這半個世紀當中，由最粗淺的航空時期進入今日的太空時期。

我曾回信去感謝柏先生提携後進的盛意。柏先生稱頌劉君此書爲極優良的大學用書，可與歐美同類書籍媲美。這實在是一位學人對於一個有志青年一種極難得的鼓勵。柏先生在介紹文中新加了一點材料，補充了一點意見。這對劉君著作增加光輝不少，也是對學術界一個貢獻。

劉君寫給我的信裏，有如下的幾句話。他說：「離校廿年中，於修養涵泳，讀書明理一事，終能無稍廢離，不敢不以莊敬自礪，而期無負吾師」。又說：「每自衡量，頗悟困知勉行，固須持之以恒」。這可以看出劉君求眞理。求學問的志趣。他正是我上面所提及的，不以求得高等教育和適當職業而自感滿足的青年。

我辦學多年，雖覺心力交瘁，未虧職守，但從不敢自詡有何成果可言。因爲百年樹人的大計，非短時期所能見功效，亦不是一人一時的毀譽所能下定論。只有教出來的學生，表現在品德上、學術上、事業上的，才是事實的答復，才是正確的證明。我勉應劉君的請求，寫了這篇序文，再加上個人一點感想，作爲這篇序文的結束。」

（一九六七、四、一一、紐約）

三絃研討和國樂欣賞

鳳威先生是一位愛好音樂而對三絃特別有興趣的雅人。他是我的內兄，所以我在四十多年前，就聽過他的國樂演奏。他自己雖說他是「無師自通」，但是他於幼年時代，便在他那文物薈萃的杭州，繼續不斷的和國樂研究社的社員共同研討，而有湛深的心得。我以一個對音樂是門外漢的人，也能欣賞他的三絃而怡然自喜。

十幾年前，我和他在臺灣重聚；他說他對國樂久已「不彈此調」。可是他於退休之後，重溫昔日他所嗜好的三絃，居然在他六六生辰的那一年，別出心裁的完成了「三絃閑話」一部很有價值的著作。他在那本書裏，強調三絃是國產而不是胡樂；他把三絃的沿革，從秦唐二代說到現在，又將三絃的結構、指法、定絃、泛音、分把、繫絃和保護，以及彈三絃的姿態及學三絃的要旨，如數家珍的作一有條理，有系統的分類闡釋。

那本書出版以後，立刻引起我國音樂界的重視。我曾把它介紹於紐約城研究國樂的朋友。他們一致認為它是國樂界從來沒有的權威作品。現在鳳威先生又要出版命名「再談三絃」的第二部著作。他把這部新書的概要，寫信告訴我，還要我寫一篇序文。

他要從明清兩代的三弦譜，說到絃線的製作，又預測到三絃的前途。他有一章是根據他幾十年的經驗，源源本本的說明一個人要如何才能把三絃學的好，彈的精。這應該是初學者和再求深造者所一致歡迎的。

「閑話三絃」那部書所敍述的三絃指法，他在這部新書裏補充得最多，也解釋得最詳盡。他除附登若干三絃的圖照外，又列舉他平日常用的三絃獨奏譜。我們只要看見「霓裳曲」、「病中吟」、「粧臺秋思」和「陽關三疊」那些美麗的名稱，便可想像這一類詩情畫意的樂譜，會如何變成引人入勝的演奏。

我從幼就在外國社會生活，平日所接觸的和所欣賞的，幾乎全是西洋的古典音樂和時代歌曲。我現在要爲一位深知國樂的專家，寫一篇有關三絃的序文，似乎有點不自度量，班門弄斧。然而，音樂是一種宇宙的文字，也是沒有國界和種界的。東西音樂的溝通和互相補益，自然是中西文化交流的一個重要的步驟。我血脈裏流的是中國的血，自然對國樂比對西樂更易吸收、更易了解；所以，不揣愚陋的說了一點感想，作爲鳳威先生這部新著作的推介。

（一九七四、二、紐約）

美國的鴿子與松鼠

年來出版界介紹美國情況的文字，在臺灣和香港發表的很多；有的是報導的性質，有的包含着敎育和研究的意義。我最近讀的「美國鴿子與松鼠」，是一部趣味盎然的綜合性的美國遊記，也可以說是一篇充滿人情味和宗敎信仰的隨感錄。

著者喻耕葆女士，在她那生動而細膩的描寫裏。表現她不但能工，能讀，能寫作，而且觀察湛深，感情豐富，信道篤實。我雖在紐約錯過「識荊」的機會，然而，我讀其書，如見其人。我已經知道她是一位聰明、能幹、熱愛祖國而又明瞭友邦的作家。

她在短短的三年中，走過了美國不少的地方。首都華盛頓、第一大城紐約、交通樞紐的芝加哥、西岸鉅埠舊金山、影城洛杉磯、以及美東美南好幾個大小城市，都是她遊踪所達到，也是她筆尖所包括的範圍。以我一個好遊歷而又好寫遊記的人，讀了這書，自然有「吾道不孤」之感。

美國的大學生活，一方面是匆忙、緊張、豐富而有意義；一方面是活潑、輕鬆，又具有五花八門的興趣。著者幾章關於TCU校園活動的描摹，簡直把我帶回到幾十年前的大學時代，使我重獲無窮的回味。我想就是一般沒有進過美國大學的，讀了這篇筆記，也可以得到「一個人怎樣在美國求學」的輪廓。

所謂半工半讀，所謂自食其力，若要求之於學生時期，世界上恐怕只有在美國才可以完全做得到。因爲，這裏工商繁盛，工作機會很多而又相當平等，再加上各方面都有獎勵青年自立自強的氣氛。許多中國留學生，便是這樣完成了大學教育；有的還在學術上事業上有了若干建樹。

喻女士離家萬里，人地生疏，居然和許多青年學生一樣，飽嘗在校工讀並行和離校勞碌奔波的經驗，而且一切做的那麼有效率、有成就，這眞是難能可貴的。我幼年在美讀大學，全靠雙手做工去糊口，去維持學業，所以一生都能體會貧苦學生的掙扎，因而，對於著者所敍述的爲求學而奮鬭的過程，發生了衷心的欽佩。

這部書所介紹的，大部份是美國人的優點。他們熱忱、勇敢、誠實、進取、講公德、有同情心，很肯幫別人的忙。著者秉着「揚善」的精神，把這些講的很多。同時，她把美國社會的另一面，有的是近乎醜惡的，有的是我們認爲不合理的，也能不加渲染，據情直書，並沒有故意隱蔽。讀者可以從這些相對的比較中，得到客觀的平衡的結論。

在全書不只一次，著者很自然地很誠懇地講出她信道的因果，和上蒼對她的啟示與庇護。她不用說教的方式，也不擺出嚴肅的姿態。她只懷抱着仁愛、信仰、和希望。當她遭遇挫折的時候，她就用勇氣和毅力去突破困難，化險爲夷。當她覺得一個問題得到解決的時候，她又很謙卑地歸功於上蒼，從來沒有志得意滿的意味。

一個人遊覽名勝，欣賞天然風景，那是輕而易舉的。但是，若要知道一個國家的歷史、地理、社會情況、和政治制度，尤其是它的文化背景，那便不是一件簡單的事。美國是富強甲天下的第一大國。無論從那個角度去看它的任何事物，都是錯綜複雜，而非三言兩語可以概括的。著者留美的時間那麼短，除教會、學校、和工作地點而外，其所接觸的地方也不太多。可是，她能夠舉一反三，透視美國人和美國社會的長處和缺陷，給予讀者正確的了解和清晰的印象。這是很值得讚揚的。

我如果單說著者是一位善於寫作的遊歷家，似乎還有一點不夠。她實在同時是虛心追求新知識的學生，富有進取精神的企業家，篤信上蒼而又虔誠祈禱的佈道人。我更不會忘記她還是能言善辯，多才多藝的親善「大使」。凡讀這部「美國的鴿子與松鼠」的人，把書中事實一引證，大概不會說我的這篇書評是言過其實的。

（一九六三、十二、六、紐約）

影中有畫、畫中有詩

中國最負盛名的攝影大師郎靜山先生，不日在紐約舉行攝影展覽。公展先生說我是「業餘攝影家」，囑我寫一篇介紹詞。我說「業餘攝影」猶可，「家」則愧不敢當。

靜山先生五十幾年前便對攝影發生興趣，就已開始他的攝影生活，半世紀來從未間斷。我記得我幼年剛剛看懂畫報的時候，便看見過他的作品。這一回，我在紐約第一次向他當面領教，也第一次欣賞他許多不平凡的傑作。

他參加過三百多個國際影展，得過榮譽獎八十餘次。在攝影藝術上，他是我國最成功的一人，自然不需要我再作「畫蛇添足」的渲揚。

可是，我要向愛好攝影的紐約人士多說一句話。那就是靜山先生的特點，不單他攝影技能十分卓越，而且，他還把中國藝術的精神，吸收在每一張風景作品的裏面。有一次，我在孟休先生的寓所，很讚賞他牆上掛的一幅富有詩意的「國畫」。他笑著說：「這不是畫。這是靜山先生的攝影。」

靜山先生還有一種別開生面的創作，稱爲「集錦」。他把許多他在不同地點所攝的景物，擇其精華，很細心地很巧妙地併合起來，成爲一個畫面，加以沖洗，便是一幅清雅絕塵、而又不受「現實」限制的「國畫」。他既可以發揮自己的想像力，又可以擷取隨心所欲的任何景物。

古人常常把「畫」和「詩」聯在一起，所謂「畫中有詩，詩中有畫」。我現在看了靜山先生的攝影，也可以說『影中有畫、畫中有詩』。他已經把「影」加在裏面，構成中國文藝作品的「三絕」。

（一九六二、八、一一、紐約）

醫療一得

——生病、割治、及復元後的一點感想

好多朋友常常說我太講衞生，太好談營養。有的人稱頌我「養生有道，不像六七十歲的老人」。有的人譏笑我「生活方式太呆板，自討苦吃」。還有人勸我寫一點個人攝生的經驗，好讓別人參考。

我從來不敢自詡攝生的「成功」，更不敢班門弄斧的侈談攝生的道理。我自幼多病痛；由於遺傳的關係，又最容易暈船、暈車或暈機。我既好遊山玩水，復因就食四方，居處無定，不得不和許多交通工具結不解緣。一遇暈船、暈車或暈機，我必自怨身體不如人，不能具有古人所謂「乘長風，破萬里浪」的氣概。

因此，我自在中小學接觸新知識開始，就發誓要把身體弄好，要盡量鍛鍊自己，想用人力去補我的自然的不足。但我有一很大的缺點。那便是我天性不喜歡運動；加以身體羸弱，自知沒有和人競賽的能力，提不起我對體育的興趣。

可是，我有一個酷愛足球的胞弟景鴻。他和我同讀中學的時候，便促我和他一道去打足球或

從事其他運動。他叫我不可因好學而成爲蛀書蟲。後來，我這位年富力強的兄弟，竟因打球受了內傷，而致大學畢業不久，就得肺病而夭折。

我受了這樣的刺激，悲慟之餘，更下決心去研究「衞生之道」，也知道怎樣注重體育，怎樣避免強烈的運動。所以我平日除打太極拳及八段錦外，最愛散步和游泳。游泳受時間及地點的限制；只有「日行萬步」，是可以隨心所欲，非有疾病，決不停止的。

說起來幾乎使人不相信：我以幼年多病之軀，中年卽逐漸的強健起來；年過半百以後，反覺精神倍增。老友新交見面，都好問我的年齡。不知「老之將至」的我，偏要讓他們去猜測。西方朋友常把我低估一二十歲；還有人問我是否經過了整容的手術。我在聯合國服務十三年，曾保持了從未請過一天病假的紀錄。

這樣一個不可多得的紀錄，竟於今年一、二月間完全打破了。我不但出乎意外的生了一場重病，而且不得不進醫院，不得不開刀。住醫院和施手術，都是我生平的第一次。尤其使我傷腦筋的，就是在我患病的前一月，我的兒子光武，也患了一種旣已驚動全家老小，又曾危及他的智力和生命的腦疾。這眞是我們父子間一個極不幸，也極不尋常的巧合。

光武是服務於美國原子能總署布魯克赫溫實驗室的物理學家。由於他在美國科學界已有相當的聲望，去秋加州理工學院特聘他前往講學一年。他因爲近來目光和血壓都不正常，特至加州大學醫院檢查，忽被醫生發現他有腦下垂體腺 Pituitary Gland 生瘤的的奇疾。那時加大醫院正有一位專醫此症而又全國知名的瑞安德醫師 Dr. Robert Rand。他便立刻請瑞氏醫治。

當他以長途電話報告這個消息的時候，我們夫婦眞如聽了晴天霹靂一樣，以爲我們這個在科學界已有甚高造詣的獨生子，竟在剛入四十的有爲之年，染上了當時我頗懷疑，後幸證爲「過慮」的「不治之症」。我和我妻杏秋反覆磋商，決定她先從紐約飛洛杉磯，我把雜務料理好了便跟着去。就在兒子入醫院的前夕，她和他見了面。他喜極而泣；他對腦部開刀的憂慮，登時減除了一大半。他說他的信心和勇氣，都因母親來臨而大大的增加了。

光武開刀的那一天，我終日心神不安，自晨至晚，都坐在電話旁，靜候我深信上蒼必將賜給我的佳音。果然，我於下午四時接到杏秋從加州大學醫院傳來的喜訊。她說：光武很早就送進手術室，主治醫師瑞安德操刀，十四位輔佐醫師協助，歷時三四小時以後，瑞氏笑容滿面的走出手術室，向我妻及我媳宣佈手術成功。我聽了立卽跪謝上蒼的宏恩，恨不得馬上西飛三千哩，去安慰還在病室呻吟的光武。

他雖然唇、鼻、口腔及腦部，均遭刀割之險，可是，由於醫師技藝的卓越和醫院設備的精良，他當時並無若何痛苦的感覺，事後復元也很迅速，目力及血壓都差不多歸於正常；他所需要的就是較長時期的休息和療養。事實上，當我撰述此文時，他已照常赴校授課及出外旅行，一點病狀也看不出來了。

本來，在光武生病的前一二月，我就覺得有點不舒適；後來加上我對他進行割治的焦急，更感身體有若干部份疼痛，尤其是在脅腰等處。我的猶太醫生爲我驗血並照X光，每次都說我沒有癌疾或其他危險病症的徵候，至多不過是輕微的風溼；那是老年人的通病，不足爲慮，服一兩片阿斯匹靈就夠了。

當杏秋離開紐約的時候，我也在準備行裝，並和她相約一二週內在洛杉磯見面。我對她說：「只等光武痊癒，我們就繼續西飛臺灣，省親訪友，一定要在四月前趕到高雄，去祝賀岳母九十三齡的華誕。」我那時已爲醫生指爲風溼的「氣痛」所困擾，但我盡量避免對杏秋談及此事；我不願加多她的煩惱和憂慮。

可是，我的「氣痛」並沒有因服阿斯匹靈或其他止痛藥而消除。有人說光武患重病，乃我「氣痛」的根源。但他脫離險境以後，我的脅腰等部，依然疼痛不已，而且時發時止，此起彼落。我懷疑那個猶太醫生的草率；另找其他醫生診治，也一樣的得不着要領。我只想在作長途旅行之前，對這莫名其妙的「氣痛」，有一根本的治療。

我的老朋友中，有專研針灸醫術的李直夫先生，和深知運氣功夫的劉達先生。我向他們請教。他們前後爲我按摩及打金針，也尋不出我的病源，但不約而同的勸我去請西醫作一比較澈底的全身檢驗。我當然知道這個建議是正確的。可是，我所認識的醫生我都一一看過；我還應該找誰來作一可靠的診斷呢？

就在我正遲疑不決的時候，我在一個宴會上，和我多日不見的老友陳慶雲先生，同坐一席。

我們寒暄之後，就談到我的「氣痛」問題。他久病新癒，對醫藥界很熟悉，又對我十分關切。他勸我不可忽視這個似乎無關宏旨的「氣痛」。他又向我極力推介他最信任的彭秉坤醫師。彭醫師是很有名的泌尿科專家，又是紐約州立大學的醫科教授。我的「氣痛」似乎不是他所主治的範圍。

我還是聽了陳先生的話去見彭醫師。彭醫師是一位謙恭有禮的恂恂儒者，一點美國醫生的習氣也沒有。他爲我仔細的檢查週身，又在他的實驗室爲我驗血、驗尿、照X光，認爲我一切都正常。最後他以手指伸入我的肛門去探觸我的攝護腺 Prostate Gland 立刻驚叫「你的攝護腺上生了一個小球塊！它是否良性的或惡性的，必須割片檢驗才能斷定」。

本來，一般人平日所患的攝護腺病，是攝護腺的擴脹。它的病徵是小便次數加多，夜間不能安眠，最後反致小便不能流暢。我絲毫沒有這樣的病徵，所以普通醫生看不出我的攝護腺生了小球塊。彭醫師也覺得我因「氣痛」去找他已經是很奇怪的事，而他居然在我一切都很正常的狀態中，發現了含有相當危險成份的小球塊，更是很不尋常的，這樣的病症，如果發現太遲而釀成癌病，說不定，我這條老命就是那麼不知不覺的斷送了。我能得陳先生的推介而找到了彭醫師，而他又能在短時期內發現那小球塊；這不能不說是近乎奇蹟的「神助」。

彭醫師要我立刻準備進醫院，並且主張無論那小球塊是否毒瘤，都應該一勞永逸的割除。我雖非聞癌色變之人，但深知他的警告是絕對不可忽視的。我當晚就以長途電話和在加州的妻兒商量。他們都認爲我應遵照彭醫師的吩咐，先割片，後開刀，千萬不可猶豫。一向做事有決斷力而又很爽朗的杏秋說：「趕快辦入院手續吧！光武現已脫險。我立刻飛回紐約。我要跟你一道進醫院去照料。」

我於二月三日的上午，在雨雪交加中，由杏秋護送至紐約市政府對面的碧文醫院。次晨彭醫師親來醫院佈置；上午我經過十二種的驗血，又在X光室照相十九張。下午一時我被送入手術室，先打全身痲醉針，即由彭醫師從我尿道中用小刀割取攝護腺的小片。此即所謂割片檢驗Biopsy。我於三時許蘇醒過來，並不覺得怎樣的難過，還以為開刀不過就是這麼一回事。

在我割片的第二天，彭醫師雖對我說那片小球塊已驗明是良性的，但仍認為有立刻去掉的必要，否則將來恐怕會變質的。是日下午我又被送進X光室，遍照肝臟各部，彭醫師看了照片，告我一切都正常，要我作明天接受大手術 Major Operation 的準備。這個我譯作「大」的 Major 一字，並非危詞聳聽，而是因為那一類的割治，不但相當痲煩，而且有一點危險性。他說舊的手術是要剖開腹部的；這對他比較簡便而對我卻要增加痛苦。

他現在所施用的手術是從我的尿道插入小刀，將在攝護腺上的小球塊，一片一片的割下，直到全部剝盡為止。前後約需兩小時。這對他是很吃力的。我在六日的上午十一時許，就看見兩個醫院助手，推進一個車動病床。我說：「彭醫師說要下午一時才動手術呀！」。他們不由分說的便把我從我的床上推進那個車動病床，立刻送入幾層樓下的手術室，好像把我當作囚犯一樣的「捕拿」。這就是美國醫院的粗魯作風！

我睡在手術室的病床上，靜候了一個多小時，才看見痲藥醫生來打針。大約下午一時許，我隱約聽見彭醫師安慰我的柔和聲音，便毫無知覺的進入夢鄉了。在那兩三小時當中，醫生如何施手術，我如何受剖割，我一點也不知道。等到護士小姐叫我醒來的時候，我看我的手錶正是三時半。我又被他們送回我的病室。

杏秋和我們的好友稚秋嫂及崇祜嫂，正在病室裏等候我的歸來，都說彭醫師已向她們報告手術成功了。我於手術前後，雖無緊張或恐懼的感覺，但一聽見手術成功的佳音，自然也和她們一樣的高興。我不但開刀的地方不痛，就是以前所謂「氣痛」的地方也不痛了。由於攝護腺的創口需要相當時間的調護，我的尿道上還須接上一個鹽水管和一個盛尿袋。我晚上也加僱了一名特別護士。

在我割治後的兩三天，由於杏秋的終日陪伴，女兒韻玫又從底特律飛來侍疾，再加上那個愛爾蘭籍護士的服務週到，我的體力和精神似乎恢復的很迅速。彭醫師每天必來看我一二次，也認爲很滿意。所以，他於第三天就把深入尿道的盛尿袋的小管子拔掉了。我當時覺得很酸痛，但事後除小便加多及略帶血絲外，並沒有其他的不便或不適。我的兒子光武和三女韻珊，幾乎天天都從加州打電話問好；我的外孫女袁萱和夫婿胡志羣常從耶魯大學開車來幫忙；這些，都是使我感動而又安慰的。

可是，我割治兩三天的以後，我的攝護腺創傷雖然沒有新的問題，可是，我脅痛、腰痛和背痛同時煎逼，使我很難忍受。這當然毫無疑義的是風溼病的「回頭」。彭醫師恐怕有他疾作祟，又爲我驗血，並叫X光室再照我的全身各部份。那樣特別攝取的X光照相，需要我時而仰臥，時而側睡，時而匍匐，費時三小時以上，弄得我頭昏腦脹，手足痲木，等於大病了一場，幾乎比開刀割治還要痛苦。事實上，我於施手術後的第二個月再回醫院經過同樣的攝照；我頭暈，我吐嘔，我回家就臥病了一整天。

彭醫師既不能從我的驗血及照X光上，找出我一身疼痛的病源；所以，他介紹內科醫生黎志道和多勒克二人參加診治。他們從我的背下部，抽出我的骨髓一小瓶，費時雖只半小時；但我已證驗了中國成語「痛入骨髓」那句話的正確。他們的結論是「這是由於輕微的風溼病因這次施手術而加強」。彭醫師認定我割治成功，又無其他嚴重的病症，所以決定讓我出院回家。

我於二月十五日出院，那是我進院後的第十二天。韻玫替我辦了出院手續。志羣以車送我回家。杏秋和萱在家備餐等候，聚談甚歡。我回家後，不但日服彭醫師所開下的三種藥片：而且遵照他所囑咐的不出家門，不上下樓梯，停止一切運動及需用體力的工作；準備六星期以後，再到他的診所復驗。我滿以爲一切進行順利，必不至再有甚麼痛苦了。我住院十二天，已對醫院的氣氛，和富營養而無味道的伙食，深感厭倦；回到家來，有家人的團聚，有杏秋精製的佳餚，雖因韻玫離別而傷感，但我對諸事滿足，應該沒有甚麼怨尤了。

想不到，從韻玫走後的第二天開始，我一身的疼痛忽然變本加厲的嚴重起來。無論是在床上轉身，或在地上走動，我都覺得很困難；尤其是在早晨起來的時候，我連洗臉、漱口、修面及沐浴的日常工作，都做不來。加以大便不流暢，小便不澄清，痔瘡出血不止。服藥雖可暫時止痛，但這一切，已使我精神萎靡，意志消沉，一日三餐都不想入口。有一天，我剛起床就因頭昏眼花而吐嘔。我眞的以爲我的末日快到了。

當然，最焦急不過的還是杏秋。她因彭醫師已赴花州渡假而想不出甚麼救急的法子。她除繼續以溫語慰我，並隨時在我痛處按摩外，特託程其保伉儷邀請陳慶雲、薛光前、潘朝英等幾位老友同在程府會商應否另請醫生或把我再送醫院。大家都認爲我應該忍痛幾天，等候彭醫師歸來，最爲妥善。會後，陳慶雲先生還代表了大家來我寓所，對我慰問一番。我對這幾位老友的關懷，眞有非言可喻的感激。

就在這個時候，我的幼女元元突自新加坡翩然到來，她隨任教新加坡大學的夫婿蕭復，去新不過一年。她一聽見我患重病，便離開復婿及尚屬髫齡的兩孩，獨身飛越亞歐二洲和大西洋而達紐約。這眞不是一件很容易的事。韻玫回到底特律，不及旬日，聽見我的病狀有惡化的趨勢，又把三個小孩交給夫婿余國樑看顧，立刻再作第二次的飛紐。兩位愛女同時回家；這不但使我的心情變得愉快一點，而且也使杏秋的勇氣倍增。元元善調烹飪；她便解除了杏秋一天要　我們做三頓飯菜的重任。

彭醫師從花洲歸來，聞我病有轉變，就親來我寓爲我詳細檢驗，仍認爲我還是受風溼病困擾，並沒有甚麼危險。他開新藥方，加重了止痛藥的份量；我服了，疼痛雖未停止，但已逐漸減輕。杏秋和二女每日不是和我談天說地，便是替我輪流按摩。元元從新加坡帶來的紅花油，擦在身上，又涼爽，又舒適。晚上，杏秋就睡在我的床側，隨時悉心照顧。我早上起來的時候，我無論轉身或站立，都要倚靠她的扶持。我以前做夢也想不到我會變成這麼衰弱的可憐蟲。

我的長女秀英和夫婿袁明道雖因遠在臺北，一時無法來美；但他們的女兒袁萱和夫婿胡志羣，即為經常來紐之人。他們在我病中，不但為我服務，且助我妻料理家中雜事。我的三女韻珊一聞我病即要求東來侍疾。但我因其易暈機而囑我妻力加阻止，遂未成行。最後仍由夫婿王滇聲親來紐約，迎我夫婦同飛洛杉磯養病。

我的兒子光武雖其自身健康尚未恢復，但於四月中旬扶病飛來紐約，促我速下易地療養的決心。他和滇聲、韻玫，都曾前後訪問彭醫師，商討我的病狀及醫療方針。這一切可以反映出我的兒女們的孝心和至性，也可以證明他們的確幫助了我轉危為安。

在那三個多月生病、割治和療養的時期，我怕朋友們為我擔心，不大願意許多人知道病狀。我的知友除了上面所提到的若干位外，還有在不同地方每天為我虔誠祈禱的趙崇祜夫人、許紹棣先生和章力生先生。到我寓所或醫院慰問的，就我記憶所及，有程其保、藍娟如、傅岩、薛光前、劉師舜、潘朝英、彭昭賢、梁芝、曹劍秋、李直夫、王文華、潘玉璞、趙連福、章楚、魯潼平、鍾嘉謀、余作民、姜維德、張國勳、汪榮安、朱士林、傅筱岩、王一涵、華之寧、黃哲操、溫新徵、徐翔如、徐鳳霞諸先生，和在紐約任總領事的夏功權大使。至於用電話通音問的，更乃不計其數。于斌樞機主教經過紐約的時候，也於百忙中，在電話裏爲我再三祝福。

上述諸友當中，有兩位，我應特寫一筆：一爲三十多年的老友王文華先生，一爲任教紐約皇后學院的徐鳳霞女士。王先生以退休之年，在我住醫院的十多天，每天來院探視。當我自院返家以後，又給予我不少的安慰，也增加杏秋不少的勇氣。徐女士因我和她父母的友誼，爲要減少杏秋辛勞，特遷我宅助杏秋料理家務，復於我等西飛之時，幫我收檢行李，並接管我們的公寓房屋。這一切，我們都是衷心銘感的。

我在臺灣的許多老友，凡知我的病訊的，無不來信問好。其中通信最頻仍，措詞最誠摯動人的，莫過於余井塘、桂崇基、許紹棣、余紀忠、陳鳳威、芶子樵、陳季政幾位先生。香港的馬彬和吳俊升二先生得訊較遲，亦於函牘中表示了他們的深切友情。

杏秋看見我接老友書信時那種高興的樣子，每每笑我如同得了愛人的情書。事實上，一個人不生病就不會知道健康的可愛，不生病也不會知道朋友的溫情是和醫生的藥方一樣重要的。我便對杏秋說：「我在暮年生病時得到老友的函牘，實比幼年戀愛時得到情書，尤足珍貴，尤爲不可多得。」

我在紐約住了二十四、五年，現因易地療養而突然離開，自然有點依依不捨。可是，兒女多在美國西岸。他們都望父母和他們同居一地。我此次生病，也發現老年夫婦應有兒女隨時照料的必要。韻玫兩次拋開家務來看我，元元不遠萬里飛紐約，都是極不容易的事。元元和我們同住了五星期。她除有孝思外，還表現了果斷及辦事的才能。

她替母親處置家事，又爲我清理賬目，收拾行裝；最後仍不能不和我們泣別，而飛越太平洋去和分離很久的夫兒團聚。韻玫、元元相繼離開以後，我們又有悽涼之感。我不願意再見歷受磨折，復新遭失恃之痛的杏秋，仍爲我們終日做飯菜、洗衣裳。韻珊伉儷既一再要求我們去和他們同住，又由滇聲婿親來紐約歡迎。我們不得不作立刻西行的決定。乃於五月一日和他同機直飛洛杉磯。

我們一到洛杉磯機場，就看見光武領着他的妻子和四個兒女，韻珊也帶來了三個兒女，齊集候客室中，只等我們一入室，就擁擠過來，問好的問好，親吻的親吻，一片歡樂景象，使我頓忘過去抱病三月的痛苦和當日飛行萬里的辛勞。我們於是就在王家住下來了。光武一家也準備和我們同度暑假後，再回紐約布魯克赫溫實驗室復職。

王宅隔海岸很近。那裏氣候溫暖，風景宜人，一年四季都是一樣的可愛，眞不愧爲養老和養痾的良地。再加上子女團聚，兒孫繞膝。滇聲和韻珊服侍我們，又週到、又熱忱。我和杏秋都感心境的愉快，和精神的振奮。我到洛城不及一週，就已停用止痛藥；兩週後，就能出外上小館子、看電影，也有限度的恢復了讀書和寫作的工作。然而，我是住慣城市的人，一生最好交朋友，又離不開圖書館、博物院、郵政局和其他一切現代城市所必須具備的東西。今日我由紐約那麼大的地方，移居到加州長堤附近這麼僻靜的鄉村，雖已避免了市廛的繁囂，和空氣的污染，但我心理上很矛盾；我實有離羣索居的孤寂之感。

然而，我仍然不得不感謝上蒼的庇護，能夠轉到這樣一個理想的療養勝地，又能夠和兒孫們常常團聚在一道。而且，老頭子和小孩子共同生活，雖不一定可收返老還童的功效，但心理上會變得年青一點，精神上會變得活潑一點。我並不因勞碌奔波而有「虛此一行」的後悔。

我一安定下來，除每天散步和作輕微運動外，就想恢復讀書及寫作的生活。我現在把此次生病、割治和療養的感想寫下來，一方面作爲我個人日記的補充，一方面我願將這個「得未曾有」的經驗，貢獻給一切同病的及怕病的人，應可用爲參考或借鏡的資料。它至少不是「無病呻吟」的消遣文章。

若干年來，國人對於保健和攝生，已經有態度上的轉變，已經不把「講衞生」、「談營養」當作譏嘲的對象，或視爲無足輕重的題材。我們中國人好以長壽爲頌祝。實則長壽而無健康，乃爲老年人的「活受罪」。青年人重運動而不重健康，也是捨本逐末，有時反可引致未來的患害。我以爲一個人從年青到年老，除了修身養性的精神鍛鍊外，生活要有規律、飲食要有營養，運動要有恆心，工作要知道休息，疾病要知道預防，生了病就不可諱疾忌醫，還要知道如何找學驗俱佳的專科醫生去醫治；即令是癌症或其他所謂「不治」之症，也是應該面對現實，力與抗爭的。

一個人的身體既然常有變化，身體檢驗乃成爲一個人必不可少的生活條件。我這次如不於檢驗時發現了可疑的小球塊，我永遠不會知道攝護腺上生了病，更不會知道找名醫去割治。我不反對中醫，也贊成中藥應予有系統的科學研究。但一個病人看中醫，不經身體檢驗，而竟亂投藥石；我是期期以爲不可的。中醫不一定把病人醫好或醫壞，他却可把病人的時間躭誤。這也是極端危險的事。我主張一個人的身體檢驗，四十以前一年一次，四十以後一年二次。

單就攝護腺而言，這是年老人一種極普通的病症，如不及早醫治，攝護腺生癌固可立致死亡，就是攝護腺肥脹，也可促致當時的痛苦及事後的痲煩。反過來說，攝護腺如果手術成功，調養得宜，不但沒有危險，而且可以增進老年人的健康。就是老年人的其他病症，也可以用這種態度同樣看待。老年人和青年人差不多，只要明瞭衞生和營養的道理，又能身體力行，實在沒有恐懼或憂慮的必要。

我的一位患攝護腺病的朋友，開了兩次刀才脫險，經過好幾年的休養才痊癒。他說他從鬼門關裏轉了一次又回來。我這次雖有相當痛苦的經驗，但沒有那麼可怕的感覺。我能化險爲夷，實在應該感謝彭醫師的醫術和醫德，妻子的體貼入微和兒女的孝心侍養。我尤其應該感謝的，就是上蒼接納我和許多親友們的祈禱，讓我能繼續活下去，讓我能再爲人羣的福利而工作。

從大西洋岸搬到太平洋岸，我更接近了我生於斯，長於斯又爲祖宗墳墓所在的祖國。我在太平洋畔徘徊，我彷彿看見了掙扎奮鬬的中華民國。它雖然受了中共暴徒的種種迫害，雖然受了無數仇敵的環攻，包括暴戾恣睢的蘇俄和忘恩負義的日本；它依然屹立太平洋的彼岸，誓死要光復故國河山，誓死要掃除赤色叛逆，誓死要拯救我水深火熱的七萬萬同胞。

我因上蒼賜福而復生，便應以有生之年，再爲人羣服務，更應爲多災多難的祖國服務。反攻復國的呼聲似乎好久不聽見了。反攻復國不成功，我們便沒有生存的價值。我深信上蒼必將擴大祂的無遠弗屆的愛心，賜福於七萬萬同胞，賜福於我所敬愛的中華民國。

（一九七四、五、卅、洛杉磯）

仁者的微言，哲人的心聲

當我這次回到臺北的第三天，兒童書局的蕭光邦先生便送我一部陶百川先生主編的「潘公展先生言論選集」。我費了幾個小時，把全書展閱一遍。由於我旅居紐約多年，又曾一度和公展先生合力主編華美日報；大部份文章我早已一一讀過。現在舊文重溫，如見故人，倍感親切，益使我懷念這位公忠體國、著述等身的文壇耆宿。

公展先生是有修養的學人，又是有熱血的鬥士。他所發表的文章，不但文筆清新，引人入勝；而且大氣磅礴、一瀉千里。他對中華文化的闡揚和對中國青年的勗勉，以及他對國內政治的期望及對國際政治的批判，可以說沒有一篇不是有條有理、分析詳明，言之有物，而又懇切動人的。他那悲天憫人的心懷，他那民胞物與的胸襟，到處都在字裏行間表現出來。我們讀了他的文章，正如面對一位憂時傷世的志士，又如親聆一位充滿仁慈和智慧的哲人。

毛共竊據大陸，迫害同胞，實乃我國數千年歷史空前的悲劇。公展先生口誅筆伐，義正詞嚴。他既以「反攻復國」鞭策政府，復以「誓爲後盾」激勵海內外同胞。他那種大義凜然，「雖千萬人吾往矣」的精神，眞足愧死一切數典忘祖，認賊作父的左傾份子。八旬老翁有此，誠爲我中華民族的光榮。

我和公展先生相識，逾四十年，雖曾於京、滬、渝三處常親教益，但以最近二十餘年，同在紐約寄居，過從較密，相知更深。我看見他好學深思，手不釋卷，而又勇於負責，勤於治事，不但心儀其人，且亦追隨其後，從事寫作，或論列國政，或批評世局，實以公展先生爲我介乎師友之間的模楷。

他這幾年，雖爲病魔所擾，但無時不以國家興亡爲念。我每偕內子及遠道友人走訪，他和他的夫人都很愉快的歡迎我們。他於慇懃款待之餘，一面詳告他的病情，一面細詢老友的近況。偶一涉及時局，他必慷慨激昂的侃侃而談，數小時不以爲苦；使人追想到他昔年在滬濱領導民衆，奔走國事的英勇氣概。

古人有「仁者壽」的名言。公展先生智、仁、勇三者兼備；其必克享遐齡，當爲定論。他這二十多年，爲華美日報撰文最多，對華美日報貢獻最大。今當八旬大慶，華美日報發行「潘公展先生言論選集」，乃爲具有深遠意義的祝壽佳禮；豈只崇德報功，亦可使他的嘉言懿行，永垂不朽，成爲一種歷史上的寶貴文獻。

一九七四、一一、一二、臺北

滄海叢刊已刊行書目（一）

書名	作者	類別
中國學術思想史論叢(一)(二)(三)(四)(五)	錢穆	國學
中西兩百位哲學家	黎建球 鄔昆如	哲學
比較哲學與文化	吳森	哲學
哲學淺識	張康譯	哲學
哲學十大問題	鄔昆如	哲學
孔學漫談	余家菊	中國哲學
中庸誠的哲學	吳怡	中國哲學
哲學演講錄	吳怡	中國哲學
墨家的哲學方法	鐘友聯	中國哲學
韓非子哲學	王邦雄	中國哲學
墨家哲學	蔡仁厚	中國哲學
希臘哲學趣談	鄔昆如	西洋哲學
中世哲學趣談	鄔昆如	西洋哲學
近代哲學趣談	鄔昆如	西洋哲學
現代哲學趣談	鄔昆如	西洋哲學
佛學研究	周中一	佛學
佛學論著	周中一	佛學
禪話	周中一	佛學
都市計劃概論	王紀鯤	工程

滄海叢刊已刊行書目（二）

書　名	作　者	類　別
不疑不懼	王洪鈞	教育
文化與教育	錢穆	教育
印度文化十八篇	糜文開	社會
清代科學	劉兆璸	社會
世界局勢與中國文化	錢穆	社會
國家論	薩孟武譯	社會
紅樓夢與中國舊家庭	薩孟武	社會
財經文存	王作榮	經濟
中國歷代政治得失	錢穆	政治
黃帝	錢穆	歷史
中國歷史精神	錢穆	史學
中國文字學	潘重規	語言
中國聲韻學	潘重規	語言
還鄉夢的幻滅	賴景瑚	文學
葫蘆・再見	鄭明娳	文學
大地之歌	大地詩社	文學
青春	葉蟬貞	文學
比較文學的墾拓在臺灣	古添洪 陳慧樺	文學
從比較神話到文學	古添洪 陳慧樺	文學
牧場的情思	張媛媛	文學

滄海叢刊已刊行書目（三）

書名	作者	類別
萍踪憶語	賴景瑚	文學
讀書與生活	琦君	文學
中西文學關係研究	王潤華	文學
文開隨筆	糜文開	文學
知識之劍	陳鼎環	文學
野草詞	韋瀚章	文學
現代散文欣賞	鄭明娳	文學
陶淵明評論	李辰冬	中國文學
文學新論	李辰冬	中國文學
離騷九歌九章淺釋	繆天華	中國文學
累廬聲氣集	姜超嶽	中國文學
苕華詞與人間詞話述評	王宗樂	中國文學
杜甫作品繫年	李辰冬	中國文學
元曲六大家	應裕康 王忠林	中國文學
林下生涯	姜超嶽	中國文學
詩經研讀指導	裴普賢	中國文學
莊子及其文學	黃錦鋐	中國文學
浮士德研究	李辰冬譯	西洋文學
蘇忍尼辛選集	劉安雲譯	西洋文學
文學欣賞的靈魂	劉述先	西洋文學

滄海叢刊已刊行書目（四）

書名	作者	類別
音樂人生	黃友棣	音樂
音樂與我	趙琴	音樂
爐邊閒話	李抱忱	音樂
琴臺碎語	黃友棣	音樂
音樂隨筆	趙琴	音樂
水彩技巧與創作	劉其偉	美術
繪畫隨筆	陳景容	美術
現代工藝概論	張長傑	雕刻
戲劇藝術之發展及其原理	趙如琳	戲劇
戲劇編寫法	方寸	戲劇